Sir Arthur Conan Doyle
Sherlock Holmes

O roubo da coroa de Berilos
e outras aventuras

da letra

SIR ARTHUR CONAN DOYLE

SHERLOCK
HOLMES

O ROUBO DA COROA
DE BERLOS
E OUTRAS AVENTURAS

O roubo da coroa de berilos

— Holmes, veja esse pobre homem correndo pelas ruas! — exclamei ao ver aquela cena. — O que será que lhe aconteceu?

Meu amigo, trajado com seu roupão, levantou-se calmamente vindo em minha direção e olhando por sobre meus ombros. Era uma manhã clara de fevereiro, com a neve do dia anterior ainda acumulada pelas ruas. Estava um frio típico de inverno e na rua não havia ninguém além daquele homem correndo.

Ele parecia ter cerca de cinquenta anos, estava bem vestido e tinha aparência elegante. Entretanto, o ar de desespero que mostrava em sua face não resplandecia toda a classe que ele parecia ter. Ele corria desesperado, olhava para trás como se fugisse de algo e para as casas como se estivesse procurando alguma coisa.

— O que será que lhe aconteceu? — perguntei. — Você reparou que ele está olhando o número das casas?

— Acho que ele está vindo para cá.

— Para cá?

— Sim. Deve querer meus conselhos profissionais.

Enquanto Holmes falava, o homem parou em nossa porta e bufando tocou a campainha.

Alguns instantes depois, ele estava parado em nossa sala com o olhar fixo e com um ar de desespero tão grande, que sentimos grande compaixão por aquele senhor. Ele ficou um tempo sem conseguir falar uma palavra sequer. De repente, em um ato de loucura, ele começou a pular pela sala e foi bater sua cabeça contra a parede. Nós o seguramos e impedimos que ele se machucasse gravemente. Sherlock Holmes o acalmou e fez com que ele se sentasse no sofá.

— Você está aqui para me contar a sua história, certo? Imagino que esteja estressado, mas se acalme e, quando puder, compartilhe tudo comigo.

O homem continuou sentado, passou um lenço em sua testa e então disse:

— Os senhores devem me achar um louco.

— Percebo que você está com algum problema grave — disse Holmes.

— Problemas suficientes para me tirar completamente a razão. Fui exposto à humilhação pública, mesmo sendo alguém sem nenhuma dívida em meu caráter. Além disso, não se trata só de mim. Muitos sofrerão se não resolvermos esse caso horrível.

— Por favor, acalme-se e conte-me o que aconteceu.

— Meu nome talvez soe familiar para alguns de vocês. Sou Alexander Holder, do Banco Holder e Stevenson, da rua Threadneedle.

De fato, nós conhecíamos o nome, pois se tratava do segundo maior banco de Londres. O que poderia ter acontecido para abalar esse nobre senhor daquela forma? Esperamos curiosos até que, com novo esforço, ele começou a contar sua história.

"Sinto que tempo é dinheiro, por isso corri até aqui quando o inspetor da polícia sugeriu que eu procurasse a sua ajuda. Vim até a Baker Street de metrô e corri pelas ruas para achá-lo. Por isso estava tão sem fôlego; não tenho o costume de me exercitar. Deixe-me agora lhe expor os fatos de forma clara e concisa.

Com certeza o senhor sabe que o sucesso de um banco depende de sua capacidade de encontrar investimentos interessantes e lucrativos para o futuro. Uma das formas mais rentáveis que encontramos é a de empréstimos com garantia: antecipamos enormes fortunas para famílias aristocráticas e, em troca, passamos a ter a posse de suas obras de arte, bibliotecas e joias.

Ontem eu estava em meu escritório quando um dos funcionários do banco me avisou que um senhor da mais alta sociedade estava querendo falar comigo. Fiquei impressionado pela honra, ia até dizer isso a ele, mas o homem se antecipou em já me falar de sua necessidade.

'Mr. Holder, fui informado de que o senhor faz empréstimos em dinheiro', disse ele.

'O banco faz quando a garantia é boa.'

'É essencial para mim conseguir cinquenta mil libras imediatamente. É claro que eu conseguiria esse dinheiro facilmente pedindo aos meus amigos, mas preferi tratar desse assunto de maneira profissional.'

'Em quanto tempo o senhor pagará essa quantia?'

'Na próxima segunda-feira receberei um valor elevado e poderei arcar com os meus compromissos, mas é essencial para mim obter o dinheiro agora.'

'Para fazer o empréstimo em nome do banco, preciso que o senhor me deixe alguma garantia.'

'Prefiro que seja assim', disse o homem erguendo uma caixa de marroquim preto que estava ao seu lado. 'Acredito que o senhor já tenha ouvido falar na Coroa de Berilos.'

'Uma das joias mais raras do Império', disse eu.

'Isso mesmo'. Ele abriu o estojo e lá estava, aconchegada no macio veludo cor de pele, a magnífica joia. 'Há trinta e nove berilos enormes, e o preço do trabalho em ouro é incalculável. A avaliação mais modesta colocaria o valor da coroa em no mínimo duas vezes o valor que lhe pedi.'

Peguei aquele estojo nas mãos e olhei perplexo para o meu nobre cliente.

'Duvida do seu valor?'

'De forma alguma. Só duvido...'

'Que eu vou deixá-la aqui. Pode ficar tranquilo, eu jamais faria isso se não tivesse certeza de que poderei resgatá-la em quatro dias. A garantia é suficiente?'

'Até demais!'

'O senhor compreende que estou confiando muito no senhor, Mr. Holder, ao deixar minha joia mais preciosa aqui, e confio na sua discrição quanto a isso. Esse assunto não pode vir a público de forma alguma, seria o maior escândalo. Qualquer dano a ela seria tão sério quanto a sua perda, pois não há berilos no mundo que possam substituir estes. Portanto deixo-a sobre seus cuidados. Voltarei pessoalmente na segunda-feira para resgatar a coroa e lhe dar seu dinheiro.'

Vi que meu cliente estava ansioso para partir. Então, chamei meu tesoureiro e pedi que entregasse ao cavalheiro cinquenta mil libras. Quando ele saiu, eu já estava arrependido por ter aquela joia sob minha posse. Não poderia nem imaginar o escândalo que seria se algo acontecesse com ela. Mas já estava feito. Tranquei-a em meu cofre e segui trabalhando.

Quando anoiteceu, achei imprudente deixar algo tão precioso sozinho no escritório. Vários cofres de bancos já foram assaltados, por que o meu não seria? Decidi então carregar a caixa comigo sempre. Chamei uma carruagem e lá fui. Só fiquei tranquilo quando tranquei a caixa no cofre de meu armário.

Agora veja, Mr. Holmes. Algumas informações importantes sobre a minha casa. O cocheiro e o pajem dormem do lado de fora. Tenho três criadas que estão comigo há anos. Outra empregada, Lucy, está em casa há poucos meses; veio, contudo, com ótimas referências e tem sido muito satisfatória. É uma garota bonita que atrai muitos admiradores. Esses vão vê-la de vez em quando. Esse é o único ponto negativo em relação a ela. Quanto aos empregados, isso é tudo.

Quanto à minha família, não me alongarei muito. Sou viúvo e tenho um único filho, Arthur. Talvez essa seja uma grande decepção. Dizem que eu estraguei o menino, mas, quando sua mãe morreu, ele se tornou minha única alegria, e vê-lo triste acabava comigo. Então, eu nunca lhe neguei nada que quisesse. Teria sido melhor que eu fosse mais severo, mas não fiz dessa forma.

Naturalmente minha vontade era que ele me sucedesse nos negócios, mas falta-lhe vocação. É desregrado, cabeçudo e, para falar a verdade, não tenho coragem de confiar a ele a quantia de grandes somas de dinheiro. Quando cresceu, começou a jogar cartas e a gastar com cavalos de modo tão extravagante, que as pessoas vinham a mim pedir que lhes adiantasse a mesada para que pudesse honrar com seus compromissos financeiros. Ele até já tentou se afastar desse grupo de amigos que eu considero serem más companhias. Entretanto, a influência de Sir George Burnwell fez com que ele não se afastasse dos amigos.

Não é à toa que meu filho seja influenciado por ele. É um homem cuja atitude é fascinante. É mais velho que meu filho e é um homem do mundo. Já viajou por diversos lugares e o relato de suas experiências é, sem dúvida alguma, encantador. Contudo, quando penso friamente em sua figura, vejo o quão ruim é que meu filho se relacione com ele; seu discurso cínico e experiente fazem dele alguém difícil de se confiar. Eu e Mary pensamos isso sobre ele, e a intuição feminina dificilmente falha.

Inclusive, só falta ela para ser mencionada. É minha sobrinha. Meu irmão morreu há cinco anos; na ocasião, ela ficou sozinha. Eu a adotei como filha e a crio desde então. Ela é o sol da minha casa. Doce, amorosa, gentil, linda, uma excelente dona de casa e ainda consegue ser discreta e educada. Não sei o que faria sem ela. Só discordamos em uma coisa. Por duas vezes meu filho pediu para se casar com ela, mas ela recusou. Eu tinha esperanças de que, se Mary se casasse com ele, ela o endireitaria. Agora, porém, é tarde demais! Tarde demais!

Agora que você sabe sobre minha família, vou lhe contar minha infeliz história.

Estávamos tomando café na sala depois do jantar. Certifiquei-me de que Lucy já havia saído e então contei a Mary e a Arthur sobre o grande tesouro que estava em nossa casa. Eles ficaram muito interessados em vê-la, mas achei melhor não.

'Onde você a colocou?', perguntou Arthur.

'No gaveteiro.'

'Espero que a casa não seja roubada durante a noite.'

'Tudo está trancado', respondi.

'Ah, pai, qualquer chave abre aquele gaveteiro. Eu mesmo já abri várias vezes com a chave do bufê.'

Como ele tinha um modo exagerado de falar, não levei em consideração a sua fala. Mas, naquela noite, ele me seguiu até o quarto com o rosto muito sério.

'Ouça, pai, preciso que me empreste 200 libras.'

'Não. Tenho sido muito generoso com você. Não lhe darei nada.'

'É verdade, mas preciso do dinheiro. Do contrário,

nunca mais poderei dar as caras naquele clube.'

'Isso seria muito bom!', gritei.

'Você não pode permitir que eu não cumpra minhas obrigações', disse ele. 'Eu não suportaria essa desonra. Preciso levantar esse dinheiro de alguma forma. Se você não me ajudar, terei de pensar em outras formas.'

Eu estava muito bravo, pois era a terceira vez que ele me pedia dinheiro no mês. 'Você não vai arrancar nenhum centavo de mim!', gritei. Ele fez uma reverência e se retirou.

Depois de ele ter saído, fui verificar a caixa no gaveteiro. Vi que estava tudo certo e tranquei novamente. Então comecei a ronda pela casa verificando se todas as portas e janelas estavam trancadas. Ao descer as escadas, vi Mary junto a uma das janelas laterais do vestíbulo, que ela trancou assim que me aproximei.

'Papai', ela me chamou com um ar de preocupação. 'Você deu permissão para que Lucy, a empregada, saísse esta noite?'

'Claro que não!'

'Então ela deve ter ido ao portão observar algo ou ver alguém, mas isso não é seguro e deve ser impedido.'

'Fale com ela pela manhã, ou, se preferir, eu mesmo falo. Já trancou tudo?'

'Sim, papai.'

'Então, boa noite', beijei-a e fui dormir.

Mr. Holmes, estou tentando lhe contar tudo da forma

certa, mas me deixe saber se eu não me fizer claro em alguma parte."

— Você está relatando perfeitamente sua história.

"Bom, cheguei a uma parte que gostaria muito de ter estado lúcido. Não tenho sono muito pesado e a ansiedade que eu sentia me fazia ficar com o sono ainda mais leve. Por volta das duas da manhã, ouvi ruídos pela casa. Fiquei deitado, mas com os ouvidos atentos. De repente, ouvi claramente o som de passos na sala ao lado. Escorreguei da cama e, cheio de medo, fui espiar.

'Arthur! Seu ladrão meia-boca! Como ousa tocar nessa coroa?'

O quarto estava à meia-luz e Arthur segurava a coroa em suas mãos como se estivesse tentando quebrá-la ao meio. Quando gritei, ele a deixou cair. Peguei do chão a joia e vi que estava faltando uma das peças de ouro com três berilos.

'Onde estão as joias que você roubou, seu vagabundo?'

'Roubou?!'

'Isso mesmo, roubou! Onde estão?'

'Não há nada faltando! Não pode ser!', disse ele.

'Faltam três. E você sabe onde estão. Além de ladrão, você também é mentiroso? Eu vi você tentando arrancar outro pedaço!'

'Você já me xingou demais, chega! Vou sair desta casa pela manhã e encontrar meu caminho pelo mundo!'

'Vai sair desta casa só se for nas mãos da polícia! Isso será investigado até o fim!'

'Não vai descobrir nada sobre mim! Se quiser chamar a polícia, deixe que descubram o que puderem!'

Toda casa já estava acordada com a gritaria!

Mandei uma criada chamar a polícia. Quando chegaram o inspetor e o policial, Arthur se recusava a falar qualquer coisa.

'Não deixe que me prendam, vamos sair a sós por cinco minutos,' disse-me.

'Para você fugir com as joias, nem pensar! Enfrente as consequências! Você foi pego em flagrante! Está em suas mãos o poder de confessar, assim tudo será esquecido e perdoado.'

'Guarde seu perdão para quem o pedir!'

Nessa hora percebi que nada faria com que ele confessasse. Mandei que o prendessem e fui até a polícia formalizar a ação e prestar queixa contra o meu próprio filho!

Eu perdi tudo! Minha honra, meu filho, a joia! Meu Deus, o que irei fazer?"

Ele balançava para frente e para trás passando as mãos pela cabeça enquanto Sherlock Holmes permanecia sentado com a testa franzida, olhando fixo para a lareira.

— Você recebem muitas visitas? — perguntou Holmes.

— Apenas Sir George Burnwell esteve lá nas últimas vezes, ninguém mais de quem eu me lembre bem.

— Vocês frequentam eventos sociais?

— Só Arthur. Eu e Mary gostamos de ficar em casa.

— Isso é incomum para uma garota!

— Ela não é mais tão garota, tem 24 anos.

— Pelo que o senhor me disse, esse caso foi um grande choque para ela.

— Sem dúvida, ela está sentindo mais do que eu.

— Nenhum de vocês tem dúvida sobre a culpa do seu filho? — insistiu Holmes.

— Como poderíamos ter se eu o vi?

— Não considero isso como uma prova conclusiva. O que restou da coroa também estava danificado?

— Sim, estava torcido.

— O senhor não acredita que ele poderia estar tentando endireitá-la?

— Acho difícil! Se é inocente, por que não disse?

— Exato. E se é culpado, por que não inventou uma desculpa? Esse caso tem diversos aspectos interessantes. O que a polícia achou disso tudo?

— Consideram que o barulho foi causado por Arthur ao fechar a porta de seu próprio quarto.

— Que beleza! Como se um homem, pronto para roubar, fosse bater sua porta para acordar a família inteira. O que eles disseram sobre o desaparecimento das joias?

— Ainda estão inspecionando a casa toda.

— Já pensaram em procurar fora de casa?

— Já. Estão sendo extremamente meticulosos. Já examinaram todo o jardim, inclusive.

— Veja, meu senhor — disse Holmes –, não lhe parece óbvio que esse caso é mais complicado do que pareceu a princípio? Considere o que a sua teoria envolve. Seu filho saiu da cama, correndo grande risco, foi ao seu quarto de vestir, abriu o gaveteiro, pegou a coroa, arrancou uma parte dela à força, saiu para algum outro lugar, escondeu uma parte da coroa tão bem que ninguém conseguiu encontrar e voltou para o seu quarto com as outras trinta e seis pedras, expondo-se ao grande perigo de ser descoberto. Pergunto-lhe se tal teoria lhe parece viável.

— Mas qual outra seria? Se o meu filho é inocente, por que ele não explica?

— Nossa tarefa é descobrir isso — respondeu Holmes. — Agora, Mr. Holder, vamos juntos para examinar os detalhes de perto.

Meu amigo insistiu para que eu os acompanhasse, o que eu queria mesmo fazer, pois minha curiosidade fora profundamente aguçada pela história que nos fora contada. Confesso que a culpa do filho do banqueiro era tão evidente para mim como ao seu pobre pai. Ainda assim, minha fé em Holmes dizia que, se ele estava insatisfeito com a teoria vigente, era porque havia esperanças. Holmes não disse uma palavra até o percurso em direção ao lado sul de Londres. Permaneceu sentado, com o queixo baixo, chapéu nos olhos e totalmente dominado por seus pensamentos. Nosso cliente, por outro lado, parecia ter recuperado as esperanças e começou a papear comigo sobre negócios. Após um curto percurso de trem e uma leve caminhada, chegamos a Fairbank, a modesta residência do grande banqueiro.

Fairbank era uma casa de bom tamanho, de pedra branca e um pouco afastada da rua. Um gramado coberto de neve, com uma passagem para carros, ia dos portões de ferro que fechavam a entrada até a casa. Do lado direito havia alguns arbustos e depois um corredor entre duas cercas vivas. À esquerda havia uma viela que levava para o estábulo, mas não pertencia à casa. Quando passamos pelo jardim, Holmes começou a demorar em sua análise. Então, eu e Mr. Holder entramos na casa e ficamos esperando na sala de jantar por Sherlock. Enquanto esperávamos, entrou uma menina magra, alta, com cabelos escuros e pele extremamente pálida. Ela estava com os olhos a ponto de chorar. Ignorando a minha presença, ela foi diretamente para o seu tio e passou-lhe a mão na cabeça, num doce carinho feminino.

— Você mandou que soltassem Arthur, certo, pai?

— Não, querida, o caso deve ser investigado até as últimas consequências.

— Mas tenho certeza de que ele é inocente, papai. Ele não fez nada!

— Se ele é inocente, por que não diz?

— Quem vai saber? Talvez ele tenha ficado bravo porque o senhor desconfiou dele.

— Como eu poderia não desconfiar, se o vi segurando a coroa em suas mãos?

— Talvez ele tenha pegado só para olhar. Acredite em mim, ele é inocente.

— Só vou parar quando encontrar o outro gomo da coroa, Mary. Seu afeto por seu primo a cegou completamente. Até trouxe um cavalheiro que irá nos ajudar a descobrir os detalhes.

— Esse cavalheiro? — perguntou olhando para mim.

— Não, o amigo dele. Quis ficar sozinho. Está na viela do estábulo.

— Na viela do estábulo? O que ele espera encontrar lá? Ah, imagino que seja esse que está entrando. Espero que o senhor tenha sucesso em provar que minha intuição está correta e meu primo Arthur é inocente neste crime.

— Concordo com sua intuição e creio que em breve poderemos prová-la. Creio ter a honra de estar falando com Miss Mary Holder. Posso lhe fazer umas perguntas? — perguntou Holmes.

— Por favor.

— A senhorita ouviu algum barulho na noite em que a coroa sumiu?

— Nada, até meu tio começar a gritar.

— A senhorita fechou as janelas e as portas na noite passada. Trancou todas?

— Tranquei.

— Elas permaneciam trancadas pela manhã?

— Sim.

— Sua empregada tem namorado? Parece que você disse isso a seu tio ontem.

— Exato, ela pode ter ouvido nossos comentários sobre a coroa depois do jantar.

— Então você acha que ela contou ao namorado e eles planejaram o roubo, certo?

— Mas de que adianta essa enrolação? Eu já não lhe disse que vi o Arthur com a coroa em mãos? — gritou o banqueiro.

— Espere um pouco, Mr. Holder. Em relação ao que estávamos conversando, senhorita, você viu a empregada voltar pela porta da cozinha, é isso?

— Isso mesmo. Quando fui trancar a porta, avistei-a lá, também vi o homem.

— Você o conhece?

— Sim, é o dono da quitanda, Francis Prosper.

— Ele ficou à esquerda da porta, ou seja, além do que o necessário para chegar até a porta?

— Isso.

— Ele tem perna de pau?

— Nossa, mas o senhor é vidente? Como sabe disso?

— Agora, eu gostaria de ver o andar de cima — disse Sherlock. — Talvez seja melhor eu examinar as janelas de baixo antes de subir, na verdade.

Ele andou rapidamente de uma janela para outra, examinando-as cuidadosamente com sua lente de aumento.

— Agora podemos subir.

O quarto de vestir do banqueiro era simples, uma saleta, com armário, escrivaninha, espelho de corpo e um tapete cinza. Holmes foi até o primeiro gaveteiro e verificou a fechadura.

— Qual chave foi usada para abrir a gaveta? — perguntou Holmes.

— A que meu filho mencionou, a do bufê.

— E onde está?

— Aqui, sobre a mesa.

Sherlock Holmes pegou-a e abriu o gaveteiro.

— Não faz barulho algum, por isso o senhor não acordou. O estojo, eu suponho, contém a coroa. Vamos ver.

Holmes pegou aquela belíssima joia. As trinta e seis pedras eram as mais belas que eu já tinha visto. De um dos lados estava a borda danificada mostrando de onde o pedaço fora arrancado.

— Agora, Mr. Holder, este pedaço corresponde ao que foi arrancado. Tente quebrá-lo.

O banqueiro se assustou.

— Jamais faria isso.

— Então eu farei.

Holmes colocou toda a sua força sobre a joia.

— Sinto que cede um pouco, mas não quebra. Um profissional teria que ter feito isso. Um homem comum não conseguiria fazer. E, se conseguisse, o barulho seria extremamente forte. Você, a poucos metros, não seria capaz de ouvir?

— Não sei, está tudo muito confuso para mim.

— Talvez fique menos confuso quando avançarmos. O que acha, Miss Holder?

— Compartilho da confusão de meu tio.

— Seu filho estava descalço quando o senhor o viu?

— Não usava nada além de calça e camisa.

— Obrigado. Esta investigação está excelente. Se não descobrirmos, será por culpa nossa. Permita-me voltar lá para fora.

Holmes pediu para ir sozinho e assim foi. Por uma hora e meia ele seguiu trabalhando. Após esse tempo, voltou com os pés cheios de neve e o rosto fechado de sempre.

— Acho que por aqui é só, posso continuar do meu escritório agora.

— Mas e a parte da coroa?

— Não sei!

— Meu Deus, nunca mais a verei! E meu filho? O senhor me dá alguma esperança?

— Minha opinião continua a mesma.

— Então me diga, o que aconteceu na noite passada?

— Compareça ao meu escritório amanhã às nove que

lhe explicarei tudo. O senhor não me deixou com nenhuma limitação para agir, certo? E também não tenho restrições quanto à despesa?

— Eu daria toda a minha fortuna para recuperar essa parte da joia.

— Muito bem. Até amanhã estarei investigando o caso. Pode ser que eu retorne antes do anoitecer.

Tinha ficado claro para mim que meu amigo já tinha uma teoria formada em sua mente. Diversas vezes tentei sondá-lo, mas ele sempre mudava de assunto, então desisti. Ele correu para seu quarto quando chegamos e voltou como um mendigo.

— Acho que assim está bom! — disse olhando-se no espelho que ficava sobre a lareira. — Gostaria que você viesse comigo, Watson, mas não posso. Espero estar na trilha certa, volto em algumas horas.

Ele cortou um pedaço de carne, colocou no meio de um pão e enfiou no bolso. Assim ele partiu para sua missão secreta.

Eu estava terminando o chá da tarde quando ele voltou bem-humorado.

— Só vim ver como as coisas estão. Estou de passagem.

— Vai aonde?

— Para West End. Vou demorar um pouco para voltar. Não me espere.

— Com está indo?

— Mais ou menos. Nada a reclamar nem a comemorar. Agora, vou tirar essas roupas e voltar a ser o elegante Sherlock Holmes.

Pelo jeito que ele estava, percebi que havia descoberto mais coisas do que as que me disse. Ele correu, trocou-se rapidamente e então saiu de novo.

Esperei até meia-noite; como não houve sinal de Holmes, fui para meu quarto. Não era incomum que ele ficasse noites sem aparecer quando estava perseguindo uma pista. Não sei a que horas ele voltou, mas, quando eu desci para o café, lá estava Holmes com uma xícara de café em uma das mãos e o jornal na outra, como alguém que acabara de se vestir.

— Desculpe-me por não ter esperado você, Watson, mas vou receber nosso cliente logo cedo.

Ele mal terminou de falar e eu ouvi a campainha. Era nosso amigo financista. Ele entrou tão abatido e letárgico que nos deixou chocado. Puxei uma poltrona e ele se jogou nela.

— Não sei o que fiz para estar atravessando tamanha punição. Há dois dias eu era um homem feliz, agora até minha última esperança se foi. Mary me abandonou.

— Abandonou?

— Abandonou! Ela não dormiu em casa na noite passada. Seu quarto amanheceu vazio e ela deixou um bilhete para mim no estábulo. Dizia assim:

Querido tio, sei que causei problemas para você e, se eu tivesse agido de forma diferente, toda essa desgraça não teria ocorrido. Sabendo disso, não conseguirei mais ser feliz em sua casa, portanto estou partindo para sempre. Não se preocupe, já arranjei tudo para o meu futuro. Não tente me encontrar, pois será inútil. Sempre desejarei o seu bem, na vida e na morte, Mary.

— O que acha do bilhete, Mr. Holmes? Parece-lhe um anúncio de suicídio?

— De forma alguma. Talvez aponte para a melhor solução. O fim de seus problemas está próximo.

— Então o senhor tem a solução? Encontrou as gemas?

— Mil libras por pedra lhe parece muito?

— Eu pagaria dez mil!

— Isso não será necessário. Três mil é suficiente. Está com seu talão de cheques? Faça um de quatro mil libras, aqui está a caneta.

Com o rosto angustiado o banqueiro assinou o cheque sem entender muito bem o que estava acontecendo. Holmes então foi até a sua escrivaninha, pegou a joia e entregou-a a ele.

— O senhor a recuperou! — disse vibrando de alegria. — Estou salvo! Estou salvo!

— Ainda deve algo, Mr. Holder.

— Devo?

— A dívida não é comigo. O senhor deve humildes desculpas a seu filho, Arthur.

— Então não foi ele que roubou as pedras?

— Disse e repito, não foi ele.

— O senhor tem tanta certeza disso! Então vamos contar a ele que já sabemos a verdade.

— Eu já conversei com ele. Ele só teve de confessar alguns detalhes. A notícia sobre a fuga de Mary provavelmente vai fazer com que ele fale mais.

— Pelo amor de Deus, conte-me tudo sobre esse mistério!

— É o que farei! Mas, primeiro, vou dizer algo duro de se ouvir. Houve um acordo entre Sir George Burnwell e sua filha, Mary, e eles fugiram juntos.

— Minha Mary? Impossível!

— Infelizmente, é exatamente isso. Ele é um dos homens mais perigosos da Inglaterra, um marginal desesperado. Sua sobrinha não sabe nada sobre a vida dele. Entretanto, quando ele se declarou apaixonado, como já fez com centenas de mulheres, ela se entregou. Sabe lá que diabo ele disse ou fez, mas conseguiu transformá-la em seu instrumento. Ele costumava encontrá-la todas as noites.

— Não posso acreditar nisso! — exclamou o banqueiro.

— Vou lhe contar, então, o que aconteceu na sua casa ontem à noite. Sua sobrinha achou que você já tinha ido dormir e foi se encontrar com o homem na janela de baixo. As pegadas na neve me mostraram que ele ficou lá por um bom tempo. A paixão dele por ouro foi atiçada naquele momento. Mary amava muito o senhor, mas mulheres apaixonadas se esquecem de qualquer um pelo homem amado. Ela acabara de ouvir as instruções do namorado quando viu o senhor descendo as escadas. Então ela fechou a janela da sala e lhe contou aquela história sobre Lucy e o verdureiro perna de pau. Isso realmente aconteceu.

O banqueiro estava perplexo, e Holmes prosseguiu:

— Seu filho, Arthur, foi para a cama logo depois da conversa que tiveram, mas não conseguia dormir, pois a ansiedade em relação à sua dívida o atormentava. No meio da noite, ele ouviu passos em frente à porta; quando se levantou para olhar, espantou-se ao ver a prima correndo para o seu quarto de vestir. Espantado, vestiu algumas roupas e foi espiar o que estava acontecendo. Arthur viu que ela saiu da saleta com a coroa nas mãos. Mary desceu as escadas e seu filho, muito assustado, escondeu-se atrás da cortina para ver o que acontecia no vestíbulo. Ela abriu cuidadosamente a janela e passou a coroa para alguém do lado de fora. Sua sobrinha fechou a janela e voltou correndo para o quarto. Arthur não fez nada até que ela voltasse; mas, no momento em que ela fechou a porta do seu quarto, ele correu atrás do homem para tentar evitar o pior. Do jeito que estava, descalço, abriu a janela e foi. Agarrou Sir George Brunwell por trás, que tentou fugir, mas Arthur não deixou. Cada um puxava uma extremidade da coroa. Na briga, seu filho acertou o supercílio do bandido. Então, houve um estalo e Arthur, acreditando que havia pegado a coroa inteira, voltou para casa e correu para guardá-la no quarto de vestir. Quando viu que estava torta, tentou arrumá-la antes de guardar. Nesse momento, o senhor começou a xingá-lo e acusá-lo. Contudo, Arthur não podia contar a verdade sem acusar a mulher que amava. Mesmo sem que ela merecesse, ele tomou a postura de um nobre cavalheiro e a protegeu.

— Por isso ela gritou e desmaiou quando viu a coroa! — gritou Mr. Holder. — Que cego que fui! Pobre do meu filho! Como eu o julguei mal!

— Quando cheguei a sua casa, fiquei nos arredores para procurar por pistas que me ajudassem, principalmente na neve. Eu sabia que o frio teria preservado as marcas. A entrada de serviço estava toda pisoteada, pude ver claramente várias pegadas ali. Minhas investigações demoraram por conta disso, analisei cada pegada. No entanto, o local em que fui mais feliz foi na viela do estábulo; a neve lá me contou a história completa, pois percebi que havia pegadas de um homem descalço, o que batia com a história que você me contara. O caminho das pegadas deixava claro que alguém havia pegado a coroa na janela, corrido pela viela e alguém correra atrás dele. Estava tudo muito claro para mim. A dúvida era: quem era o homem e quem tinha lhe trazido a coroa?

Holmes suspirou e continuou:

— Sigo um ditado que diz: "Quando o impossível foi excluído, tudo o que restar, mesmo que pareça improvável, deve ser a verdade". Eu tinha certeza de que não tinha sido o senhor que entregara a joia para o bandido. Com isso, só me restava Mary e as empregadas. Porém, se fosse uma das empregadas, por que seu filho assumiria a culpa? Não fazia sentido. Todavia, como amava a prima, tinha uma explicação para ele acobertá-la. Quando refleti sobre o que o senhor me disse, de ela estar na janela e ter desmaiado na confusão toda, logo concluí. E quem seria o cúmplice? Um namorado, evidentemente, pois o que poderia superar o amor e a gratidão que ela tinha pelo senhor? Eu sabia que o círculo de vocês era restrito, mas nele estava o perigoso Sir George Burnwell. Ele deveria estar com a parte da coroa. Mesmo sabendo que Arthur o descobrira, ele se sentia seguro, pois sabia que o mesmo não poderia entregá-lo sem entregar sua própria prima. Então eu me vesti de mendigo, fui à casa de Sir George, conversei com seu criado e soube que ele havia machucado a cabeça na noite anterior. Finalmente, comprei um par de sapatos velhos de Sir George e fui conferir se as pegadas batiam com o sapato, e, então, pude comprovar minha teoria.

— Realmente vi um sujeito maltrapilho na viela ontem — disse Mr. Holder.

— Era eu — continuou Holmes. — Descobri dessa forma o ladrão. Então voltei para casa e troquei de roupa. Fui até o bandido cautelosamente, já que a polícia não estava envolvida em nada. Ao chegar lá, ele negou tudo, mas comecei a contar sobre minhas descobertas; quando ele tentou vir para cima de mim, eu apontei um revólver em sua cabeça. Ele baixou a guarda. Disse a ele então que compraríamos as pedras dele por mil libras cada. Ele, na hora arrependido, disse já ter vendido, mas me revelou para quem. Fui ver o homem e, depois de muito negociar, consegui a joia de volta.

— Um dia que evitou um grande escândalo para a Inglaterra! — disse o banqueiro. — Não tenho palavras para lhe agradecer, Holmes. Sua habilidade realmente excede muito a dos demais. Agora preciso correr para me desculpar com meu filho. Quanto a Mary, nem o senhor saberá me dizer onde ela está.

— Acho que podemos dizer, com certeza, que ela está com Sir George Burnwell. E seja quais forem seus pecados, ela receberá a devida punição.

O nobre solteirão

O casamento do lorde St. Simon e seu término curioso deixou de interessar à alta sociedade há muito tempo. Escândalos mais recentes superaram esse e a sociedade frequentada pelo lorde já havia deixado sua história no esquecimento. Contudo, acredito que os reais fatos nunca foram revelados ao público, e, como meu amigo teve uma participação notável na resolução desse problema, creio que devo relatá-lo.

Tudo começou algumas semanas antes do meu casamento, quando eu ainda dividia o apartamento da Baker Street com Holmes. Um dia, ao voltar de um passeio, Sherlock encontrou uma carta em sua mesa. O dia estava chuvoso e com ventos fortes. Como a bala que eu tinha alojada em minha perna como lembrança do Afeganistão doía muito nesses dias, eu decidi ficar em casa e descansar. Ao observar a carta, vi que ela possuía um brasão enorme e fiquei imaginando quem poderia ser o aristocrata que havia enviado uma carta para o meu amigo.

— Você recebeu uma carta muito chique — disse eu quando ele entrou. — Se eu me lembro bem, as cartas que você recebeu nesta manhã foram entregues por um peixeiro e um vigia.

— É, minha correspondência tem o charme da variedade. E as de origem mais humilde são as mais interessantes. Esta deve ser mais um daqueles convites para eventos sociais que você sabe que eu odeio.

Ele então abriu o lacre e leu a carta.

— Ah, isso me parece interessante!

— Nada de eventos sociais?

— Não. Inteiramente profissional.

— De um cliente da alta sociedade?

— Um dos mais nobres da Inglaterra.

— Meus parabéns!

— Sem querer ser pretensioso, a condição do meu cliente me interessa menos que o caso por si só. Você estava lendo os jornais, certo?

— Sim — disse entediado de tanto ler os jornais da pilha ao meu lado. — Não fiz nada além disso.

— Isso é ótimo! Coloque-me então a par dos acontecimentos. Eu não gosto de ler nada fora da página policial e da seção de desaparecidos. Se você acompanha tudo, então deve ter lido sobre St. Simon e seu casamento.

— Sim, e foi muito interessante por sinal.

— Pois bem, a carta que acabei de ler veio do próprio St. Simon. Vou ler para você. Em seguida, você me lê o que saiu nos jornais. A carta diz assim:

Caro Sherlock Holmes, lorde Backwater me recomendou a sua pessoa e disse que eu poderia confiar em seus pareceres e na sua discrição. Decidi, portanto, visitá-lo para compartilhar um fato muito doloroso relacionado ao meu casamento. Mr. Lestrade, da Scotland Yard, também está a par do caso, e ele mesmo não tem nenhuma objeção em relação à sua colaboração, pelo contrário, ele acha que pode vir a ajudar e muito. Chegarei às quatro horas. Se o senhor tiver algum compromisso marcado, sugiro que remarque, porque meu assunto é extremamente urgente. Cordialmente, St. Simon.

— A carta veio de Grosvenor Mansions, escrita à pena, e o nobre lorde tem a má sorte de manchar de tinta o seu dedinho direito — observou Holmes ao fechar a carta.

— Na carta ele diz quatro da tarde. Já são três. Daqui a uma hora ele chega.

— Ainda está em tempo de me informar sobre o assunto. Pegue os jornais e junte os fatos cronologicamente enquanto estudo sobre meu cliente.

Ele pegou um dos livros da série que ficava ao lado da lareira, colocou sobre seu colo e começou a ler.

— Aqui está, lorde Robert Wasingham de Vere St. Simon, segundo filho do duque de Balmoral. Brasão: azul celeste com três estrepes sobre a faixa negra. Nasceu em 1846. O nobre tem quarenta e um anos. Está meio velho para se casar. Foi subsecretário de uma das colônias na última administração. Seu pai já foi ministro de relações exteriores. Descendem diretamente dos Plantagenetas e, pelo lado materno, dos Tudors. Não há nada muito interessante nisso. Vamos ver se você tem algo que nos diga mais, Watson.

— Não foi difícil encontrar o que procuramos. Os

fatos são recentes e curiosos. Não quis falar com você, pois sabia que estava com outra investigação em andamento e não quis distraí-lo com outros assuntos.

— Ah, você está se referindo ao problema com o caminhão de mudança da praça Grosvenor? Isso já está resolvido. Na verdade era óbvio desde o começo. Vamos lá, conte-me o que você achou.

— Esse é o primeiro texto que encontrei. Saiu na coluna do *Morning Post*, com a data de algumas semanas atrás. Diz assim: "Um casamento foi arranjado e, se os boatos estiverem corretos, vai acontecer logo. Será entre o lorde Robert St. Simon e Miss Hatty Doran, de São Francisco, Califórnia". Isso é tudo.

— Curto, mas preciso — disse Holmes esticando suas pernas na lareira.

— Tem mais um parágrafo no jornal desta semana que amplia um pouco mais o assunto... Está aqui:

Logo, logo necessitaremos de medidas protecionistas também para os casamentos. Uma a uma, as famílias nobres da Grã-Bretanha estão passando o controle para nossas belas primas americanas. Na última famosa, mais um nobre foi flechado pelas belas. Lorde St. Simon, que se mostrou nos últimos vinte anos fora das flechas do cupido, anunciou oficialmente seu casamento com Miss Hatty Doran, a bela filha de um milionário da Califórnia. Miss Doran diz que seu dote vai crescer com o tempo e que será acima dos seis dígitos, com chances de crescer ainda mais no futuro. Mas todos nós sabemos que o duque de Balmoral está precisando vender seus quadros nos últimos anos e, como o lorde St. Simon não tem posses, salvo a pequena propriedade de Birchmoor, é evidente que a moça californiana não é a única a ganhar com esse casamento.

— Algo mais? — disse Holmes bocejando.

— Ah, claro, muito mais. Tem uma outra nota no *Morning Post* dizendo que o casamento será pequeno e bem discreto, vai acontecer na igreja de St. George e, depois da cerimônia os noivos receberão os poucos amigos em uma casa alugada por Mr. Aloysius Doran. Dois dias depois dessa notícia, saiu outra dizendo que a lua de mel seria passada na propriedade do lorde Backwater, próxima de Petersfield. Essas foram todas as notícias publicadas antes do desaparecimento da noiva.

— Antes do quê? — perguntou Holmes, assustado.

— Do sumiço da moça.

— Quando ela desapareceu?

— No almoço depois do casamento.

— Ah! Isso está ficando mais interessante do que prometia, eu diria até dramático.

— De fato. O assunto chamou minha atenção pelo fato de ser incomum.

— Às vezes as mulheres fogem na lua de mel — disse Holmes com um tom de sátira. — Mas não me lembro de nada como esse caso. Por favor, conte-me mais detalhes.

— As notícias estão muito incompletas.

— Talvez consigamos preencher algumas lacunas.

— Está bem. Vou ler os fatos que saíram no jornal de ontem. O título é: "Ocorrência singular em casamento elegante".

A família do lorde St. Simon está profundamente abalada com o ocorrido que se seguiu ao casamento. A cerimônia que aconteceu ontem foi seguida de um almoço. O casamento, como é de conhecimento de todos, foi uma cerimônia extremamente restrita, só para familiares e amigos mais próximos. O almoço aconteceu na casa do pai da noiva em Lancaster Gate. Parece que lá ocorreu um incidente: uma mulher, ainda não identificada, interrompeu o almoço com dizeres a respeito do lorde Simon, e tentava forçar a sua entrada junto com a de outros convidados. Somente após uma cena longa e constrangedora, o mordomo e o criado conseguiram expulsá-la dali. A noiva, felizmente, havia entrado antes dessa situação embaraçosa e já estava sentada almoçando. No meio do almoço ela alegou tontura e se dirigiu para seus aposentos. Por achar que ela estava demorando muito, seu pai foi procurá-la. Entretanto, o seu mordomo alegou que ele só havia ficado ali por alguns instantes, pois pegou seu chapéu e uma capa e saiu para o corredor. Um dos criados declarou que viu uma senhora saindo vestida dessa forma, embora acreditasse ser uma das convidadas, não a sua patroa. Ao confirmar que sua filha havia desaparecido, Alouysius Doran, o pai, junto com o noivo, chamaram a polícia, que imediatamente começou a investigar o caso. Todavia, até a tarde de ontem não tiveram notícias da noiva.

— Isso é tudo? — perguntou Holmes.

— Tem apenas mais uma nota em um jornal, mas é bastantes sugestiva.

— O que diz?

— Diz que Miss. Flora Millar, que causou o tumulto, já foi presa. Parece que ela trabalhou como dançarina no Allegro e que conhece o noivo há alguns anos. Não existem mais detalhes e você sabe já sabe de tudo que foi publicado pela imprensa.

— Parece ser uma questão extremamente interessante. Não perderia por nada neste mundo. Watson, eu ouvi a campainha. O relógio já marca quatro horas, deve ser nosso nobre cliente. Nem pense em ir embora, preciso que alguém testemunhe tudo o que for dito para não me deixar esquecer de nada.

— Lorde St. Simon — anunciou nosso criado, abrindo a porta.

Por ela entrou um cavalheiro com a pele bem cuidada, olhos firmes e um tom de petulância de alguém que só dá ordens e as pessoas lhes obedecem. Parecia ágil, embora desse a impressão de ser mais velho do que parecia. Seu cabelo colaborava para essa impressão, pois era grisalho, e seus joelhos deixavam sua postura um pouco curvada, o que acentuava mais a nossa percepção. Quanto à roupa, estava o mais engomadinho possível. Colarinho alto, terno preto, colete, luvas, sapato de pelica e polainas. Ele entrou na sala olhando para os lados com seu cordão de pincenê balançando em sua mão.

— Bom dia, lorde St. Simon — disse Holmes levantando-se e fazendo uma reverência. — Por favor, sente-se. Esse é meu parceiro e amigo fiel, o Dr. Watson. Aproxime-se da lareira e vamos conversar sobre o assunto.

— Assunto que me deixou extremamente ferido. Sei que o senhor já tratou de casos parecidos, mas acredito que nunca dessa classe social.

— Realmente não, estou decaindo.

— Perdão, não entendi.

— Em casos como esse, meu último cliente foi um rei — disse Holmes com tom sarcástico.

— Ah! É mesmo? Qual rei?

— O rei da Escandinávia.

— Ele também perdeu a mulher?

— Por favor, entenda que eu preciso ser sigiloso em relação ao caso de meus outros clientes.

— É verdade, perdoe-me. Quanto ao meu caso, estou pronto para lhe dizer tudo o que o senhor quiser ouvir.

— Obrigado, já estou a par de tudo o que foi publicado nos jornais. Presumo que as informações estejam corretas, como neste artigo aqui.

Lorde St. Simon passou os olhos pelo jornal.

— Sim, está correto, até certo ponto.

— Entretanto, existem muitas lacunas a serem preenchidas antes que eu possa elaborar alguma teoria. Posso lhe fazer algumas perguntas?

— Sim, fique à vontade!

— Quando você conheceu Miss Hatty Doran?

— Em São Francisco, há um ano.

— O senhor tinha o costume de ir à América?

— Sim.

— Ficaram noivos na ocasião?

— Não.

— Mas se tornaram amigos?

— Sim. Fiquei encantado com a sua companhia e ela percebeu.

— O pai dela é muito rico?

— Dizem que é o homem mais rico da costa do Pacífico.

— E como ele fez sua fortuna?

— Com mineração. Não tinha nada há alguns anos. Então descobriu ouro, investiu e daí para frente só aumentou sua fortuna.

— E qual sua impressão sobre a personalidade de sua esposa?

O cavalheiro balançou o pincenê olhando fixamente para o fogo da lareira.

— Veja, Mr. Holmes, minha mulher já tinha 25 anos quando seu pai ficou rico. Até então, ela corria pelas minas, florestas e montanhas. Era levada, menina solta e cheia de energia. Ela é impetuosa. Toma decisões rapidamente e não hesita em colocá-las em prática. Por outro lado, eu jamais entregaria o nome que tenho tanta honra em possuir se não enxergasse nela uma mulher nobre. Acredito que ela é capaz de heroísmos e autossacrifícios, e que qualquer coisa desonrosa lhe seja repugnante.

— Tem alguma fotografia dela?

— Trouxe esta comigo.

Ele abriu um broche e mostrou uma moça encantadora. Não era uma fotografia, mas uma pintura sobre a pedra, e o artista foi perfeito em retratar os traços da bela moça. Holmes observou atentamente o broche e a pintura, e então devolveu-o para seu dono.

— Então, depois que se conheceram, sua esposa veio a Londres e vocês reativaram a amizade?

— Exatamente. Seu pai a trouxe várias vezes, ficamos noivos e agora estamos casados.

— Pelo que fui informado, ele trouxe um dote considerável.

— Um bom dote, mas nada que fuja do comum para minha família.

— O dote fica com o senhor, é claro, já que o casamento aconteceu.

— Não me informei a respeito.

— Evidente. Você viu Miss Doran no dia anterior ao casamento?

— Vi.

— Ela estava de bom humor?

— Ela estava ótima, falando sobre seus planos futuros em relação ao nosso casamento.

— Muito bem. E quanto à manhã do casamento?

— Estava radiante como sempre, pelo menos até depois da cerimônia.

— Então você reparou alguma mudança nela?

— Ah, foi algo corriqueiro relacionado ao seu temperamento forte. Não acredito que tenha relação com o caso.

— Mesmo assim, peço que nos conte.

— Foi algo bobo. Ela derrubou o buquê, no caminho para a sacristia, entre os bancos. Um cavalheiro pegou-o e entregou a ela as flores em um estado não tão pior do que elas já estavam antes. No entanto, quando comentei isso com minha esposa, ela me respondeu rispidamente. Depois, a caminho de casa, na carruagem, ela estava extremamente irritada com esse incidente.

— Entendo. O senhor disse que havia um cavalheiro no banco. Então, havia pessoas não relacionadas presentes ao casamento?

— Ah, sim, é impossível não tê-las com a igreja estando aberta.

— Esse cavalheiro era amigo de sua mulher?

— Não, só o chamei de cavalheiro por gentileza, mas era um homem comum. Quase não reparei nele. Tenho a impressão de que estamos nos estendendo muito nesse detalhe tão insignificante.

— Lady St. Simon voltou do casamento menos feliz do que entrara. E o que ela fez quando chegou em casa?

— Vi que ela conversou em particular com a sua criada.

— Quem é a criada?

— Seu nome é Alice, ela veio dos Estados Unidos junto com a moça.

— É de confiança?

— Até demais! A minha mulher dá muita liberdade a ela. Mas parece que na América essa função é vista de forma diferente.

— Por quanto tempo ela conversou com a criada?

— Apenas alguns minutos, eu não reparei muito, estava preocupado com outras coisas.

— Então você não ouviu sobre o que elas conversavam?

— Minha esposa disse algo sobre "passar por cima", mas não entendi muito bem, ainda não estou familiarizado com as gírias americanas.

— A gíria americana pode ter um significado interessante para nós. E o que ela fez após terminar a conversa?

— Entrou na sala do almoço.

— Com o senhor?

— Não, sozinha. Ela é muito independente. Então, depois de estarmos sentados por uns dez minutos, ela se levantou apressada, deu algumas desculpas e saiu da sala. Dali, então, nunca mais voltou.

— Essa criada Alice foi a que disse ter visto a patroa se vestir, colocar um chapéu e sair, certo?

— Isso mesmo. Depois ela foi vista passeando no Hyde Park em companhia de Flora Millar, mulher que está presa por ter causado tumulto na casa de Mr. Doran pela manhã.

— Ah, sim! Gostaria de saber alguns detalhes sobre seu relacionamento com essa moça.

Lorde St. Simon deu de ombros e ergueu as sobrancelhas.

— Eu e ela tivemos uma relação de amizade por alguns anos. Ela se apresentava no Allegro e eu sempre fui muito dadivoso com ela. Mas você conhece as mulheres, Mr. Holmes. Flora era maravilhosa, mas muito impetuosa e perdidamente apaixonada por mim. Quando soube que eu me casaria, começou a escrever cartas me ameaçando que causaria escândalos e cenas horrendas. Para ser sincero, esse foi o motivo pelo qual o casamento foi tão discreto e pequeno, eu tinha medo de um escândalo. Mas como eu já esperava, pedi dois policiais à paisana no evento. Logo eles a colocaram para fora quando ela começou o escândalo na minha casa. Quando viu que não teria sucesso, acalmou-se e foi embora.

— Sua esposa viu essa cena?

— Graças a Deus, não!

— E depois ela foi vista na companhia de Flora?

— Exatamente. Isso é o que Mr. Lestrade, inspetor da Scotland Yard, acha seriíssimo. Ele imagina que Flora Millar atraiu minha mulher para fora de casa e a colocou em alguma armadilha.

— É uma suposição plausível.

— Você acredita?

— Para ser sincero, não. E você também não parece acreditar.

— Isso é porque não consigo imaginar Flora fazendo mal a uma mosca sequer.

— Mas o ciúme muda as pessoas. O que você acha que aconteceu?

— Ah, veja bem, eu vim procurar uma teoria, não lhe dar uma. Já coloquei todos os fatos de que estou a par. Mas já que pergunta, eu imagino que todo estresse que minha esposa sofreu por ter se casado pode tê-la colocado em um colapso emocional.

— Então ela ficou repentinamente insana?

— Bem, quando penso que ela deixou para trás o que muitas outras matariam para ter, só consigo chegar a essa conclusão.

— É, pode ser. Agora, lorde St. Simon, acho que já tenho tudo o que preciso. Posso lhe fazer uma pergunta? Da mesa de almoço em que estavam, vocês podiam ver a rua?

— Podíamos ver o outro lado da rua e o parque.

— Muito bem. Não vou detê-lo mais. Entrarei em contato com o senhor, muito em breve.

— Se você tiver a astúcia de resolver esse problema... — disse de forma sarcástica o nosso cliente.

— Já o resolvi — respondeu Holmes interrompendo-o.

— Como? Como assim?

— Disse que já resolvi o problema.

— Então, onde está minha mulher?

— Esse é um detalhe que vou descobrir rapidamente. Lorde St. Simon balançou a cabeça.

— Imagino que serão necessárias mentes mais sábias que as nossas para resolver esse problema — disse o cliente ao se retirar.

— É muita audácia de lorde St. Simon igualar a minha mente à dele. Acho que preciso de uma dose dupla e um charuto depois dessa conversa. Já tinha chegado às minhas conclusões antes mesmo de tê-lo aqui.

— Meu Deus, Holmes!

— Já vi vários casos semelhantes a esse. Embora, como eu já disse, não tão rápidos. Minhas perguntas foram apenas para transformar minhas elucubrações em certezas.

— Mas eu ouvi o mesmo que você, ora.

— Ouviu sem o conhecimento que eu tenho de casos anteriores, que muito me ajuda. Houve algo parecido em Aberden, alguns anos atrás, e outro em Munique, no ano seguinte à guerra franco-prussiana. Mas veja, olhe quem entra. É Lestrade. Boa tarde, inspetor! Pegue um copo no bufê, um charuto e sente-se comigo.

O policial trazia consigo uma bolsa de lona preta e, com uma saudação curta, sentou-se e acendeu o charuto que lhe fora oferecido.

— O que aconteceu? — perguntou Holmes. — Você parece irritado.

— Estou irritado com esse caso maluco do casamento do lorde St. Simon. A história não tem pé nem cabeça.

— Você pensa isso? Você me surpreende.

— Onde já se ouviu uma história dessas? Parece que todas as pistas me escapam entre os dedos. Trabalhei nisso o dia todo.

— E por que está molhado?

— Fiquei procurando pelo corpo de lady St. Simon!

— Ah, você só pode estar brincando!

O inspetor olhou bravo para o meu amigo.

— Suponho, então, que você já saiba tudo.

— Acabei de ficar a par dos fatos, mas já tenho minha conclusão.

— Eu acho que Serpentine tem a ver com isso. Foram encontradas coisas nas águas dele hoje.

— Penso que seja improvável.

— Então talvez você possa me explicar por que achamos isto lá.

Ele foi jogando no chão o vestido de noiva, sapatos de cetim, véu e grinalda, tudo manchado e molhado.

— Aí está — concluiu colocando a aliança por cima de tudo. — Mais um mistério para você desvendar, Holmes.

— Veja isso! Você retirou tudo do Serpentine?

— Não, as roupas foi um guarda que encontrou na margem. Foram identificadas como de lady St. Simon. Pareceu-me que o corpo não poderia estar tão longe das vestes.

— Então, segundo seu raciocínio brilhante, todo corpo

deve ser encontrado perto de seu guarda-roupa? Mas me diga, o que esperava conseguir com isso?

— Alguma prova que indicasse Flora Miller como culpada pelo desaparecimento.

— Receio que será difícil.

— Receia mesmo? — exclamou Lestrade, irritado com Holmes. — Eu receio, Holmes, que você não seja prático em suas deduções. Cometeu dois erros em dois minutos. Esse vestido gera provas contra Flora.

— De que forma?

— No bolso do vestido tem um bilhete dizendo: "Você me verá quando tudo estiver pronto. Venha logo. F.H.M.". A minha teoria é que lady St. Simon foi atraída por Flora, que, contando com ajuda, foi responsável por seu desaparecimento.

— Muito bem, você está indo bem, Lestrade — disse Holmes rindo. — Deixe-me ver o bilhete.

Holmes pegou o papel com pouco caso, mas logo fixou sua atenção nele.

— Isto é realmente muito importante!

— Ah, então você concorda?

— Sim! E dou-lhe os parabéns!

Lestrade se aproximou de Holmes.

— Você não está vendo o lado certo!

— Pelo contrário. Isto é exatamente o que preciso!

— Está louco? O bilhete está a lápis do outro lado.

— Este lado tem a conta do hotel que muito me interessa.

— Não vejo nada demais nisso.

— Claro que não. Assim como o bilhete e as iniciais, o verso também é muito importante.

— Ah, já me cansei de perder meu tempo, Holmes. Acredito em trabalho duro! Não em ficar fumando junto à lareira sem agir.

— Acredite no que eu lhe digo, Lestrade, lady St. Simon é um mito. Nunca existiu e nunca virá a existir essa pessoa.

Lestrade se levantou irritado, olhou de forma triste para seu rival e saiu. Mal havia saído, Holmes se levantou, colocou seu sobretudo e se preparou para sair.

— Algo que ele disse é verdade. Precisamos investir no trabalho externo. Vou precisar deixá-lo, Watson.

Sherlock Holmes saiu já era fim de tarde, mas não fiquei muito tempo sozinho; logo chegaram dois funcionários de um restaurante trazendo uma caixa enorme. Eles abriram a caixa e colocaram sobre a nossa mesa um verdadeiro banquete, comidas e bebidas finas; depois de servirem, foram embora.

Quando Holmes voltou, entrou rápido na sala com um ar de seriedade. Entretanto, o brilho nos seus olhos me fez perceber que ele havia sido bem-sucedido em sua investigação.

— Que bom que já serviram o jantar.

— Você que pediu? Está esperando alguém, meu amigo? — perguntei.

— Exato. Lorde St. Simon deve estar chegando logo.

Em alguns instantes, nosso mais novo cliente entrava pela sala abruptamente.

— Que bom que meu mensageiro conseguiu encontrá-lo! — disse Holmes satisfeito.

— Conseguiu e confesso que fiquei confuso com a mensagem. Você tem certeza do que diz?

— Tenho!

Lorde St. Simon se sentou e passou a mão em sua testa, que já estava suada.

— O que o duque irá dizer quando souber que passei por tamanha humilhação?

— Foi um acidente apenas. Não vejo humilhação.

— É que você não pode ver do meu ponto de vista.

— Não consigo encontrar culpados. A moça poderia ter agido de outra forma, mas não tem mãe, não tinha alguém para aconselhá-la melhor.

— Foi uma desfeita pública!

— Procure compreender a situação da pobre moça!

— Não vou entender nada! Fui usado vergonhosamente!

— Watson, tem alguém na porta. Por favor, abra. Já que não consigo convencê-lo, chamei alguém que talvez possa ajudá-lo.

Fui abrir a porta enquanto Holmes se levantava para receber a visita.

— Permita-me apresentar-lhe Mr. e a Mrs. Francis Hay Moulton. Creio que já conhece a dama.

Ao ter a visão da moça, nosso cliente pulou da cadeira apontando seu olhar para baixo e colocando suas mãos em seu rosto em sinal de grande decepção.

— Você está bravo, Robert, e tem toda razão para estar.

— Por favor, não se desculpe!

— Eu o tratei muito mal e me arrependo por isso, mas, quando vi Frank, fiquei estonteada.

— Mrs. Moulton, você prefere que eu e meu amigo saiamos para que você possa contar o que aconteceu?

— Se me permitem falar, já fizemos muito em segredo. Preferimos que todos saibam o que aconteceu — disse o moço que acompanhava a dama. Ele era forte e bronzeado, um típico homem da costa do Pacífico.

— Vou lhes contar tudo agora mesmo — disse a moça. "Conheci Frank em 1884, no campo McQuire, perto das rochas onde meu pai explora à procura de ouro. Nós ficamos noivos, mas, quando meu pai começou a enriquecer por ter encontrado minério, Frank, por sua vez, não encontrava nada e só ficava mais pobre. Com isso, meu pai desistiu de me permitir casar com Frank e me levou para São Francisco, mas Frank não desistiu. Ele nos seguiu até lá e me visitava sem que meu pai soubesse. Ele me prometeu fazer sua própria fortuna, e então voltar para me tomar como esposa. E eu lhe prometi amor eterno, esperaria por ele o tempo que precisasse. 'Mas por que não nos casamos agora?', disse ele na ocasião. Nós ficamos como loucos, fomos até um padre e nos casamos na surdina. Depois disso, Frank partiu em busca de sua fortuna enquanto eu o aguardava em São Francisco.

Em seguida, fui tendo notícias de que Frank estava no Arizona, depois no Novo México e, depois de algum tempo, saiu uma notícia dizendo que um acampamento de mineradores havia sido atacado por índios apaches e o nome de Frank estava na lista de mortos. Desmaiei na mesma hora em que vi a notícia e fiquei doente por meses. Não tive notícias dele por mais de um ano. Depois de algum tempo, conheci lorde St. Simon, e papai logo veio a Londres para arranjar o casamento. Mas nenhum outro homem conseguiria ocupar o lugar que Frank tinha em meu coração.

Ainda assim, estava disposta a cumprir meus compromissos com o lorde. No entanto, quando estávamos na igreja, saindo pelo caminho, eu avistei Frank. Fiquei desnorteada, pensei até estar fantasiando. Olhei para ele várias vezes, que fez um sinal para que eu ficasse quieta enquanto escrevia um bilhete. Na hora de sair, deixei meu buquê cair, e ele me entregou o bilhete junto com o buquê, em mãos, olhando em meus olhos. Eu tive certeza de que ali estava o grande amor da minha vida.

Ao voltar para casa, contei tudo para minha criada, que conhecia Frank e era amiga dele. Sei que deveria ter falado com o lorde, mas não queria fazê-lo na frente de toda sua família. Preferi fugir e contar depois. Quando entrei na sala do almoço, olhei pela janela e vi Frank me esperando do lado de fora. Foi então que aleguei estar passando mal, peguei minhas coisas e fugi. Ao sair, uma mulher tentou me interpelar para falar coisas sobre o lorde, mas eu logo me livrei dela e parti ao encontro de Frank.

Seguimos em sua carruagem para o local em que ele estava hospedado na praça Gordon, e ali eu me senti em meu verdadeiro casamento. Frank me contou que foi feito prisioneiro pelos índios; quando se libertou, foi ao meu encontro em São Francisco, mas foi informado de que eu havia vindo para Londres. Ao chegar em Londres, ele viu a notícia em um jornal e foi até o local do casamento.

Conversamos sobre o que deveria ser feito. Frank tinha o desejo de esclarecer tudo logo, mas eu estava envergonhada demais. Eu queria talvez escrever um bilhete para meu pai, apenas para informá-lo de que eu estava viva. Então Frank pegou todas as minhas coisas e jogou-as no rio. Partiríamos para Paris amanhã, mas esse cavalheiro, Mr. Holmes, encontrou-nos na tarde de hoje e nos ofereceu a chance de falar a sós com o lorde St. Simon, e nós aceitamos. Agora que você já ouviu tudo, Robert, espero que não me julgue mal e me perdoe."

— Desculpe-me, mas isso não será possível.

— Então você não vai me perdoar? Não vai nem me cumprimentar antes que eu vá?

— Ah, claro, posso cumprimentá-la se isso fizer bem para você.

— Esperava um jantar mais amistoso, meus caros — disse Holmes.

— Acho que você já está pedindo demais — respondeu o lorde. — Posso até compreender os últimos acontecimentos, mas não vou celebrá-los. Desejo-lhes uma boa noite — disse o lorde retirando-se da sala.

— Espero que pelo menos vocês, então, me deem a honra da sua companhia. É sempre um prazer encontrar um americano. Sou daqueles que acredita que a monarquia é o que impede que sejamos o mesmo povo. — disse Holmes.

— Esse caso foi interessante — disse Holmes depois que nossos convidados partiram. — Serviu para nos mostrar que até mesmo as coisas que parecem não ter explicação são perfeitamente explicáveis.

— Você não teve dúvidas por nenhum momento?

— Desde o começo, dois fatos eram muito óbvios para mim. O primeiro era o fato de que a moça ficou triste depois de se casar. Obviamente algo tinha acontecido para que ela mudasse de opinião. O que seria? Ela poderia ter visto alguém? Para ser alguém relevante o suficiente para mudar seu humor, só poderia ser um americano, uma vez que ela estava havia pouquíssimo tempo na Inglaterra. Ou seja, chegamos à conclusão de que ela vira um americano. Mas quem seria ele para ter tanta influência sobre ela? Um amante, um marido? Eu já tinha chegado até essa etapa, mas, ao ouvir a narrativa do lorde sobre o episódio de derrubar o buquê, ficou claro para mim o truque para pegar um bilhete, somado aos fatos da conversa com a empregada falando de algo sobre "passar por cima", que, na linguagem dos mineradores, quer dizer "tomar posse de algo que não é seu". Eu logo concluí e tudo ficou claro. Ela havia fugido com alguém, fosse amante ou marido.

— E como você conseguiu encontrá-los?

— Seria mais difícil, mas nosso amigo Lestrade me trouxe o precioso bilhete. As iniciais diziam muito, mas saber que esse homem estava hospedado em um dos hotéis mais exclusivos de Londres foi mais importante ainda.

— E como deduziu isso?

— Pelos preços dos pedidos que estavam anotados no verso. Não há muitos hotéis em Londres que praticam esses preços. Olhando os registros desses hotéis, descobri em um deles que Mr. Francis H. Moulton havia deixado o hotel na noite anterior e que sua correspondência estava sendo direcionada para a Praça Gordon, 226. Fui para lá e tive a sorte de me encontrar com os pombinhos apaixonados. Dei alguns conselhos a eles e os convidei para virem aqui. Depois de algumas palavras trocadas, consegui convencê-los de que isso era o melhor a ser feito.

— Só não tivemos resultados muito bons em relação à conduta do nobre — observei.

— Ah, Watson! Talvez você também não fosse gentil depois de passar por uma situação parecida. Sejamos cordiais com o lorde Simon e peçamos a Deus que nunca mais o coloque numa posição como essa. Agora me passe meu violino que o que nos resta é descobrir como passaremos estas noites frias de outono.

As faias de cobre

— O homem que ama a arte pela arte — disse Sherlock Holmes jogando para o lado uma página do jornal *The Daily Telegraph* — encontrará prazer nas manifestações menos importantes. Vejo que você é assim, meu caro Watson. Tem o poder de embelezar os meus casos com as suas anotações. Você não deu tanto destaque às causas célebres de que participei como deu aos casos triviais do dia a dia.

— Mesmo assim, não consigo me livrar da acusação de que meus escritos são sensacionalistas.

— Talvez seu único erro tenha sido dar cor e vida aos casos, em vez de relatar estritamente o raciocínio de causa e efeito que, na verdade, é só o que importa.

— Acredito ter feito justiça nos registros — disse eu um pouco irritado com a soberba excessiva de meu amigo.

— Não é uma questão de egoísmo ou vaidade. Se reclamo justiça para minha arte, é porque se trata de algo impessoal, maior que eu mesmo. O crime é comum. A lógica é rara. Portanto, é na lógica, e não no crime, que você deve se concentrar. Você rebaixou o que deveria ser um conjunto de palestras a uma série de contos de fadas. Ao mesmo tempo, você não pode ser acusado de sensacionalismo, pois muitos desses casos em que você teve a bondade de se interessar não eram crimes no sentido legal. O probleminha em que ajudei o rei da Boêmia ou a confusão com Mary Sutherland, o homem da boca torta e aquele solteirão nobre foram casos em que a lei não foi ferida. Mas ao evitar o sensacionalismo, você privilegiou o trivial.

— As conclusões podem ter sido, mas os métodos são interessantes e novos — respondi.

— Ah, meu caro amigo, o público, o grande público não sabe apreciar essas nuances. A verdade é que não se fazem mais crimes como antigamente. Os criminosos perderam a originalidade, e eu estou chegando ao fundo do poço, tornando-me um mero conselheiro de mulheres. Este bilhete que recebi pela manhã marca meu fim. Leia!

O bilhete dizia o seguinte:

Caro Holmes, Estou muito ansiosa para consultá-lo se devo ou não aceitar uma posição de governanta que me foi oferecida. Irei vê-lo às dez e meia de amanhã se estiver bom para o senhor. Cordialmente, Violet Hunter.

— Você conhece a moça? — perguntei.

— Não.

— Já são dez e meia.

— Não tenho dúvida de que é ela tocando a campainha.

— Talvez a coisa possa ser mais interessante do que você pensa. Lembre-se do carbúnculo azul, que parecia, a princípio, uma bobagem, mas que se tornou uma investigação séria. Pode ser que esse caso seja assim.

— Vamos esperar que sim!

Enquanto ele falava, a porta se abriu e a moça entrou na sala. Discreta, embora elegante, transmitia certa inteligência e determinação, típicas de uma mulher que se vira sozinha no mundo.

— Perdoe-me se o interrompo, mas não tenho a quem pedir conselhos. Pensei que você pudesse ter a gentileza de me dizer o que fazer.

— Por favor, sente-se, Mrs. Hunter. Ficarei feliz em ajudar.

Reparei que Holmes ficou impressionado com a forma de agir e falar de nossa cliente. Ele olhava para ela com seu olhar sério mas ao mesmo tempo analítico. Depois de um breve silêncio, ela começou a contar sua história:

"Fui governanta durante cinco anos na casa do coronel Spence Munro. Há dois meses, o coronel foi transferido para Halifaz, na Nova Escócia, e levou seus filhos para a América, de modo que fiquei sem emprego. Pus um anúncio e respondi a outros, mas não obtive sucesso. O pouco dinheiro que eu tinha guardado começou a acabar e eu não sabia o que fazer.

No West End existe uma conhecida agência de governantas chamada Westaway. Costumava ir lá uma vez por semana para ver se encontrava algo. Westaway era o nome do fundador da agência, mas, atualmente, quem cuida dela é Mrs. Stoper. Ela fica no escritório enquanto as moças que procuram emprego esperam numa antessala. Uma por uma elas entram para ver se tem algo para elas.

Bem, quando eu apareci lá, na semana passada, eu entrei no escritório dela, como sempre, mas dessa vez ela não estava sozinha. Um homem muito gordo estava lá, com aparência não muito agradável, olhando as moças junto com Mrs. Stoper. Ele não parecia estar muito interessado, mas, quando eu entrei, ele deu um pulo e virou-se dizendo:

'É isso! Não posso querer nada melhor! Ótimo! Ótimo!'

Ele parecia entusiasmado e esfregava as mãos todo alegre, tinha um jeito bonachão que se tornou até prazeroso olhar para ele.

'A senhorita está procurando emprego?'

'Sim.'

'Como governanta?'

'Sim, senhor.'

'Quanto está pedindo de salário?'

'Eu recebia quatro libras por mês no último emprego, com o coronel Spence Munro.'

'Ah, nada disso. Que mixaria!', gritou ele. 'Como poderia alguém oferecer tão pouco a uma dama com tantas virtudes?'

'Talvez você esteja exagerando em relação às minhas habilidades. Eu falo um pouco de francês, um pouco de alemão, aprecio música, desenho...'

'Chega! Você tem o mais importante. Sabe se portar como uma dama! Isso é tudo o que preciso! Não posso lhe pagar nada menos que cem libras por ano. O que acha?'

Você pode imaginar, Mr. Holmes, que, para mim, desempregada, tal oferta parecia boa demais para ser verdadeira. O cavalheiro, percebendo minha desconfiança, tirou uma nota do bolso e entregou-a em minhas mãos.

'Também é meu costume fazer adiantamentos às moças que trabalham para mim, para que possam arcar com as despesas de viagem e roupas.'

'Gostaria de saber onde o senhor mora.'

'Hampshire. Um lugar encantador no campo. Nas Faias de Cobre, a oito quilômetros de Winchester. É um lugar muito agradável e a casa é uma delícia!'

'E quanto aos meus deveres? Gostaria de saber o que espera por mim.'

'Uma criança. Meu garotinho adorável de seis anos', reclinou-se na cadeira sorrindo.

'Meu único dever então seria cuidar do garoto?'

'Não. Você também deverá acatar tudo o que minha mulher lhe pedir. Claro que serão coisas que uma dama poderá realizar sem embaraços.'

'Ficarei feliz em ser útil.'

'Imagino que sim. Roupas, por exemplo! Somos excêntricos, mas bondosos. Se lhe pedirmos para usar determinado vestido, você teria alguma objeção?'

'Não', eu respondi meio confusa com tudo aquilo.

'E se lhe disséssemos para sentar-se aqui ou ali, você se ofenderia?'

'Não.'

'E se quiséssemos cortar seu cabelo para começo de conversa.'

'Receio que isso seja impossível.'

'Receio que isso seja essencial. É uma exigência de minha mulher para todas as funcionárias. Então, você não cortaria seu cabelo?'

'Não, eu jamais poderia fazê-lo', respondi com firmeza.

'Então ficamos por aqui. É uma pena, pois você se encaixa em todos os outros requisitos. Nesse caso, vamos continuar, Miss Stoper.'

'Você quer continuar nos meus registros?', perguntou-me ela com ar bravo de quem havia perdido uma grande comissão.

'Sim, por favor.'

'A meu ver, parece inútil, já que você recusou a melhor oferta que poderia receber. Não espere que nos esforcemos para encontrar outras oportunidades como essa para você, Miss Hunter. Tenha um bom dia!'"

— Sabe, Mr. Holmes, quando cheguei em casa e olhei a despensa vazia, contas a pagar, parei para me perguntar se eu não havia feito uma tremenda bobagem. Quase nenhuma governanta na Inglaterra recebe cem libras. Além disso, qual a utilidade do meu cabelo? Muitas pessoas até melhoram a aparência ao cortar. Estava quase me convencendo a voltar até a agência quando chegou uma carta daquele senhor:

Faias de Cobre, perto de Winchester.

Cara Miss Hunter,

Miss Stoper fez a gentileza de me passar seu endereço. Escrevo para perguntar se você por acaso mudou de ideia. Minha esposa quer muito que você trabalhe conosco. Estamos dispostos a lhe pagar trinta libras por trimestre, ou seja, cento e vinte libras por ano, para recompensar as nossas manias em relação às funcionárias. Minha mulher aprecia azul; gostaríamos que você vestisse um vestido dessa cor pela manhã. Não se preocupe em comprá-lo, temos um de nossa filha aqui que cremos que ficará bem em você. Quanto ao ter que sentar-se aqui ou ali, ou se vestir de forma indicada, isso não lhe causará problemas. Em relação ao seu cabelo, sei que é uma pena, pois nem eu pude deixar de reparar na beleza dele quando a vi hoje. Mas receio que não possa abrir mão disso e o aumento da oferta foi justamente por isso. Por favor, venha, poderei encontrá-la em Winchester com a carruagem; só me avise o trem que irá pegar. Atenciosamente, Jephro Rucastle

— Acabei de receber esta carta, Mr. Holmes, e penso que devo aceitar o emprego. Contudo, antes de dar o passo decisivo, gostaria de submeter esses fatos a você.

— Se você acha que deve aceitar, a questão está resolvida.

— Mas o senhor não me aconselharia a recusar?

— Confesso que é o tipo de situação em que não gostaria

de ver uma irmã minha.

— O que você quer dizer com isso?

— Bem, Mr. Rucastle me parece ser um homem gentil e bondoso. Contudo, sua mulher deve ser uma lunática, algo que ele mantém em segredo para que ela não seja internada. Portanto, ele satisfaz todos os seus caprichos para que ela não tenha um surto. Essa é uma teoria provável, não me parece ser esse o lugar adequado para uma jovem.

— Mas e quanto ao dinheiro?

— Ora, é claro. O salário é excelente, motivo pelo qual eu desconfio ainda mais. Por que pagar cento e vinte libras por ano quando se conseguiria alguém por quarenta? Deve ter uma forte razão por trás disso.

— Pensei que, se lhe contasse a situação, poderia me ajudar mais tarde se eu precisar. Ficaria mais tranquila em ir se o senhor me apoiasse.

— Ah, então pode ir tranquila. Seu pequeno problema é o caso mais inusitado que ouvi nos últimos meses. Caso a senhorita se encontre sem saber o que fazer ou em perigo...

— Em perigo?

Holmes balançou a cabeça.

— Deixaria de ser um perigo se pudéssemos defini-lo, mas caso aconteça, mande-me um telegrama que irei imediatamente ao seu encontro.

— É o que me basta! — levantou-se rapidamente. — Escreverei para Mr. Rucastle, sacrificarei meu cabelo esta noite e irei para Winchester pela manhã — e assim a moça saiu descendo as escadas.

— Pelo menos ela parece ser uma jovem que sabe cuidar de si — disse eu.

— É bom que saiba, porque acredito que teremos notícias dela muito em breve.

Não demorou muito para acontecer o que meu amigo havia previsto. Quinze dias se passaram, durante os quais, por muitas vezes, eu pensava em Miss Hunter. O salário incomum, as exigências estranhas, os poucos deveres, tudo indicava algo anormal. Se aquele homem era um filantropo ou um bandido, não tínhamos como saber.

— Informações! Eu preciso de informações! — Holmes murmurava dizendo que, se fosse sua irmã, nunca a teria deixado aceitar o emprego.

Havíamos acabado de receber um telegrama de Violet, chegou tarde da noite. Holmes abriu o envelope e, depois de ler a mensagem, jogou-o para mim.

— Verifique o horário dos trens no jornal — disse ele.

O telegrama vinha com uma mensagem curta e urgente:

Por favor, esteja no Hotel Black Swan amanhã ao meio-dia. Venha, por favor. Não sei o que fazer! Violet Hunter.

— Virá comigo? — perguntou Holmes.

— Gostaria de ir.

— Então veja os horários.

— Tem um que sai às nove e meia e chega em Winchester às onze e meia.

— Parece bom, então deixe-me ir deitar para estar bem amanhã.

Às onze horas estávamos quase chegando à antiga capital inglesa. Holmes estava entretido com os jornais matutinos, mas, assim que passamos Hampshire, ele colocou o jornal de lado e começou a apreciar a paisagem. Era um belo dia de primavera, com seu azulado pontilhado de nuvenzinhas que viajavam de um lado para o outro.

— Não está maravilhoso? — exclamei com entusiasmo.

Mas Holmes balançou a cabeça com seriedade.

— Sabe, Watson, a maldição de uma mente como a minha é que vejo em tudo algo que possa se relacionar com meu campo de atuação. Você olha para essas casas e fica impressionado pela beleza delas. Eu olho e vejo uma clara intenção de isolamento que favorece a execução de crimes.

— Meu Deus! Quem associaria crimes com essas casinhas lindas?

— Elas sempre me assustam, pois nas vielas de Londres não encontrei crimes tão horríveis como em lugares como esse.

— Você está me assustando.

— Mas a razão é óbvia. Na cidade há pouca distância entre a justiça e o crime, o aparato público está lá funcionando. As pessoas ao redor estão o tempo todo por perto e, se veem algo de errado, denunciam. Em um lugar como esse, isolado, pouca gente conhece a lei. Pense nas maldades e crueldades que podem ocorrer sem que ninguém sequer saiba. Se essa moça que nos pediu ajuda morasse em Winchester, eu não temeria tanto por ela. São os oito quilômetros enfiados no campo que a deixam em perigo. Mas acredito que ela não esteja em perigo imediatamente.

— Já que ela pode ir até Winchester se encontrar conosco.

— Exato, ela tem liberdade para se deslocar.

— O que pode ter de errado? Alguma explicação?

— Já imaginei algumas, mas veja, lá está a torre da catedral. Em breve nos encontraremos com Miss Hunter no hotel e saberemos os detalhes.

Chegamos ao hotel no qual Miss Hunter havia reservado uma mesa para nós.

— Fico feliz que tenham vindo. É muita gentileza dos dois. Realmente não sei o que fazer.

— Por favor, diga o que aconteceu.

— Vou dizer, e tenho que ser rápida, pois prometi voltar antes das três. Tive permissão para vir à cidade hoje, embora ele não saiba meus motivos.

— Conte-nos tudo o que aconteceu — disse Holmes.

— Em primeiro lugar, preciso dizer que Mr. e Mrs. Rucastle nunca me maltrataram. Preciso ser justa quanto a isso. Mas não consigo compreendê-los e não fico tranquila.

— O que você não consegue compreender?

— Os motivos para fazerem o que fazem.

"Quando cheguei, Mr. Rucastle veio me encontrar e me levou em sua carruagem para as Faias de Cobre. O lugar é lindo, não pela casa em si, que é um bloco branco com marcas de umidade, mas por ser rodeada por campos com árvores dos três lados. O quarto de um lado leva a uma escada que, por um bosque, vai até a estrada, mas esse bosque é propriedade do lorde Southernon. Algumas faias cor cobre na frente da casa deram o nome ao local.

Fui então levada pelo meu patrão, gentil como sempre, para conhecer a sua mulher e o seu filho. A hipótese que nos pareceu provável na Baker Street não é verdadeira, Mrs. Rucastle não é louca. É bem mais jovem que o marido, imagino que não chegue a ter trinta anos. Pelas conversas que ouvi, fiquei sabendo que eles são casados há sete anos e este é o segundo casamento dele. A primeira mulher de Mr. Rucastle morreu, e sua única filha mora na Filadélfia. Mr. Rucastle me contou, em particular, que a filha partiu porque sentia uma aversão inexplicável pela madrasta. Como essa filha deve ter pelo menos vinte anos, acredito que ela não se sentia à vontade ao ver seu pai com uma esposa tão jovem.

Mrs. Rucastle me pareceu tão sem ideias quanto sem vida. Não me impressionou nem para o bem nem para o mal. Ela é nula. Mas foi fácil perceber que ela ama muito o marido e o filhinho. Ele é gentil com ela, e, de maneira geral, parecem formar um casal feliz. Por outro lado, a mulher parece ter uma mágoa oculta. Mais de uma vez a vi perambulando com lágrimas nos olhos. Às vezes penso que a personalidade de seu filho a preocupa, pois nunca vi criatura mais mimada ou perversa. A criança vive entre dois extremos: total prostração, ou agitação intensa. Contudo, prefiro não falar da criança, que tem pouco a ver com a história em si."

— Aprecio todos os detalhes, mesmo que pareçam irrelevantes. — disse Holmes.

"Tentarei não me esquecer de nada. A primeira coisa desagradável é a aparência e atitude dos empregados. São dois, um casal. Toller, esse é o nome dele, está sempre desajeitado e cheirando à bebida. Já apareceu bêbado várias vezes, embora Mr. Rucastle pareça não perceber. Mrs. Toller é alta, forte e tem um rosto amargo; é tão quieta quanto Mrs. Rucastle, mas muito menos amigável. O dois formam um casal desagradável. Eu, contudo, fico a maior parte do tempo cuidando do garoto num canto da casa ou no meu quarto.

Por dois dias, depois que cheguei a Faias de Cobre, minha vida foi sossegada. No terceiro, logo depois do café da manhã, Mrs. Rucastle sussurrou algo no ouvido de seu marido.

'Ah, sim!', disse ele e virou-se para mim. 'Obrigado por ter cortado o cabelo, não afetou em nada sua aparência. Agora vamos ver como lhe cai o vestido azul. Ele está sobre a sua cama e, se fizer a gentileza de vesti-lo, ficaremos muito gratos.'

O vestido que encontrei no quarto era de um tom diferenciado de azul, de tecido finíssimo, e me caiu como uma luva. Quando cheguei à sala, a expressão nos rostos era de êxtase total. Achei até um pouco exagerado. Na hora, Mr. Rucastle começou a contar histórias engraçadíssimas. Não conseguem imaginar o tanto que eu ria. Mrs. Rucastle não esboçou um sorriso, ficou lá no seu modo apático de sempre. Mais ou menos uma hora depois, Mr. Rucastle disse que eu podia tirar o vestido e começar os afazeres do dia com o pequeno Edward.

Dois dias depois, passei pela mesma cerimônia. Troquei de vestido, sentei-me próxima à janela e ri das histórias de meu patrão. Então ele me deu um livro de capa amarela e, puxando a minha cadeira para que eu não fizesse sombra no livro, pediu-me para ler em voz alta para ele. De repente, no meio de uma frase, ele me mandou trocar de vestido.

Pode imaginar, Mr. Holmes, como fiquei curiosa quanto ao significado desse comportamento extraordinário. Eles sempre tomavam muito cuidado para que eu ficasse de costas para a janela. Comecei então a imaginar o que se passava atrás de mim. Meu espelhinho de mão tinha se quebrado e me ocorreu esconder um pedaço dele num lenço. Na outra oportunidade levei o lenço em minhas mãos e, numa gargalhada, apontei-o em direção à janela. Confesso que fiquei desapontada, pois não encontrei nada.

Bem, primeiramente essa foi minha impressão. Numa segunda olhada, percebi que havia um homem barbado de terno parado na estrada de Southampton olhando para mim. Abaixei minha mão e olhei para Mrs. Rucastle, que percebeu que eu estava com um espelho. Ela se levantou imediatamente.

'Jephro', disse ela, 'há um homem lá na estrada olhando para Miss Hunter'.

'Algum amigo seu, Miss Hunter?'

'Não, não conheço ninguém nessa região.'

'Ora, que impertinência! Vire-se com calma e mande-o embora!'

'Não seria melhor ignorá-lo?'

'Não, isso o incentivaria a continuar aparecendo. Vire-se com calma e mande-o embora.'

Fiz o que me mandaram e, em seguida, Mrs. Rucastle fechou a veneziana. Isso foi semana passada, e, desde então, não me sentei mais à janela, não coloquei mais o vestido azul e nem vi o homem na estrada."

— Por favor, continue. Sua história parece interessante.

"Receio que o senhor a achará bastante desconexa e pode ser que não haja relação entre os diferentes incidentes que estou lhe contando. No meu primeiro dia em Faias de Cobre, Mr. Rucastle me levou até uma casinha no quintal, perto da porta da cozinha. Ao nos aproximarmos, ouvi o tilintar de uma corrente e o som de um animal grande se movendo.

'Olhe aqui!', disse Mr. Rucastle apontando para uma fenda entre duas tábuas de madeira. 'Ele não é uma beleza?'

Olhei pela abertura e vi dois olhos brilhantes se escondendo na escuridão.

'Esse é Carlo, meu mastim. Digo que é meu, mas somente o velho Toller consegue algumas coisas com esse cachorro. Nós o alimentamos uma vez por dia e todas as noites Toller o solta pela propriedade. Coitado daquele que tentar invadir este terreno à noite. Por favor, Miss Hunter, nunca saia da casa à noite, pois sua vida estará em jogo.'

Na noite seguinte, estava olhando pela janela quando

avistei a criatura horrenda passeando pelo gramado. Aquilo me causou tamanho horror como nenhum outro invasor causaria.

    Agora, tenho uma experiência muito estranha para contar. Como os senhores sabem, cortei meu cabelo em Londres e o guardei enrolado no fundo da mala. Certa noite, depois que a criança foi dormir, comecei a organizar minhas coisas. O quarto tem um gaveteiro velho, e eu só consegui usar uma das gavetas, a outra não, pois estava trancada. Ocorreu-me que ela poderia estar trancada por engano, então peguei meu molho de chaves para tentar abri-la. Só havia uma coisa lá, e aposto que os senhores sabem o quê. Era um rolo de cabelo.

    Peguei o rolo e examinei-o atentamente. Parecia exatamente com o meu cabelo. Aquilo me deixou assustada. Rapidamente olhei minha mala e comecei a procurar. Logo coloquei lado a lado os dois rolos. Eram idênticos. Guardei novamente e nada disse aos Rucastles, pois achei que havia feito algo errado ao abrir uma gaveta que estava trancada anteriormente.

    Observadora por natureza, logo compreendi a disposição da casa. Tem uma ala que parece não ser habitada. Ela tem uma porta para um aposento que leva ao quarto dos Tollers, mas está sempre trancada. Um dia, contudo, eu vi Mr. Rucastle saindo por essa porta. Estava com o rosto vermelho, testas franzidas e um ar de preocupação. Trancou a porta e passou por mim sem dizer uma palavra sequer.

    Isso provocou a minha curiosidade. Então, quando precisei sair de casa em meus afazeres, aproveitei para observar a parte de fora da casa e as janelas. Enquanto andava de um lado para o outro, Mr. Rucastle se aproximou.

'Ah! Não me julgue mal por ignorá-la anteriormente, estava preocupado com os meus negócios.'

Garanti a ele que eu não tinha ficado ofendida. 'A propósito!', disse eu, 'reparei em alguns quartos vazios no andar de cima. Um deles está com a persiana fechada.'

Ele pareceu surpreso e até mesmo atônito com a minha observação.

'Fotografia é um dos meus hobbies. Que garota observadora. Que garota!', ele tentou disfarçar, mas o ar de seus olhos transmitia suspeita e aborrecimento, nenhuma diversão sequer.

Bem, Mr. Holmes, a partir do momento que descobri que havia algo naqueles quartos, desejei entrar e descobrir. Não se tratava apenas de curiosidade, era um sentimento de dever. Eu achava que seria bom entrar naquele local.

Somente ontem a oportunidade apareceu. Posso dizer que, além de Mr. Rucastle, todos têm seus afazeres nos quartos abandonados. Atualmente, Toller tem bebido muito. Ontem à noite, subi e vi que a chave estava lá. Toller, em sua bebedeira, deve ter esquecido. Rucastle estava no andar debaixo, era a minha oportunidade; virei a chave e entrei.

Havia um pequeno corredor com três portas, uma do lado da outra. A primeira e a terceira estavam abertas e levavam a quartos vazios, empoeirados, sem nada interessante. A do meio estava fechada e trancada com uma grossa barra de ferro. Percebi que esse quarto fechado era o mesmo das persianas fechadas; devia ter uma claraboia que o iluminasse, sem dúvida. De repente, comecei a ouvir passos pelo corredor.

Aquilo me aterrorizou e eu saí correndo loucamente. Quando vi, estava diante de Mr. Rucastle, que me abraçou gentilmente.

'Oh, estou tão assustada!'

'Minha garotinha! O que a assustou assim?'

Ele aparentava estar gentil, mas um pouco forçado, então me pus em guarda contra ele.

'Fui tola por entrar na ala vazia. Mas está tudo tão abandonado e silencioso lá que me aterrorizou!'

'Só isso?', perguntou ele observando-me com atenção.

'Por quê? O que mais poderia ser?'

'Por que acha que mantenho essa porta trancada?'

'Não faço ideia.'

'É para afastar pessoas que não têm o que fazer lá dentro', continuava sorrindo amigavelmente.'

'Certamente, se eu soubesse...'

'Bem, agora você sabe. E se passar por essa porta novamente...', seu sorriso nessa hora se transformou numa expressão de tremenda raiva, '... eu a jogo para o mastim!'

Fiquei tão horrorizada que nem sei o que fiz. Acho que saí correndo para o meu quarto. Não me lembro de nada, até me encontrar morrendo de medo, deitada em minha cama. Então me lembrei da nossa conversa. Não poderia mais viver lá sem algum conselho, Mr. Holmes. Tenho medo de tudo, para mim são todos horríveis. Então, levantei-me, fui ao telégrafo e lhe mandei o telegrama. Não tive dificuldade em obter permissão para vir até Winchester hoje, mas devo voltar antes das três horas, pois Mr. e Mrs. Rucastle precisam sair e eu terei que cuidar do garoto. Agora que já lhe contei minhas aventuras, ficaria feliz se o senhor me dissesse o que devo fazer."

Holmes e eu estávamos fascinados pela história. Holmes se levantou e começou a andar de um lado para o outro, com ar de preocupação.

— Toller ainda está bêbado? — perguntou ele.

— Está. Ouvi sua mulher dizer a Mrs. Rucastle que ela não conseguia fazer nada com ele.

— E os Rucastles saem hoje à noite?

— Exatamente.

— A casa tem algum porão que se possa fechar com segurança?

— Tem, a adega.

— Tem se portado muito bem nesse assunto, mostrando ser uma moça corajosa e sensata, Miss Hunter. Acha que pode fazer mais uma coisa?

— Posso tentar. O que é?

— Eu e meu amigo estaremos em Faias de Cobre às sete horas, os Rucastles já terão saído e Toller estará bêbado. Só nos resta Mrs. Toller. Você pode mandá-la fazer algo na adega e trancá-la lá?

— Farei isso.

— Excelente! Então investigaremos com cuidado. Está claro o que aconteceu! Você com certeza foi escolhida para representar outra pessoa. E essa pessoa está aprisionada nesse quarto. Quanto à prisioneira, provavelmente é Alice Rucastle, a filha que dizem estar na América. A senhorita foi escolhida para se passar por ela, pois tem a mesma altura, peso e cor de cabelo. Possivelmente, pediram-lhe para cortar o cabelo, pois o dela também foi cortado. O homem que a observou pela janela deve ser algum amigo dela, talvez até mesmo seu noivo. Sendo você tão parecida, eles a deixam perto da janela e, ao vê-la rindo, ele imagina que ela não o queira mais. O cachorro, durante a noite, evita que ele tente se aproximar. Até aqui está tudo claro. O ponto mais sério é a personalidade do garoto.

— O que isso tem a ver com o resto? — perguntei.

— Meu caro Watson, como médico você pode entender as tendências de uma criança mediante o estudo de seus pais. Não percebe que o inverso também é válido? A personalidade do garoto, segundo Miss Hunter, é incrivelmente cruel. Isso, com certeza, vem do pai ou da mãe silenciosa. De qualquer forma, a garota aprisionada está passando por maus bocados.

— Acredito que tenha razão, Mr. Holmes! — exclamou nossa cliente. — Não vamos mais perder nenhum segundo.

— Devemos ser muito cautelosos, pois estamos lidando com um homem extremamente sábio. Não faremos nada até as sete horas e depois seguiremos o plano conforme o combinado.

Seguindo à risca o que prometemos, chegamos às Faias de Cobre às sete horas.

— Conseguiu? — perguntou Holmes ao nos encontrarmos com Miss Hunter.

— Está ouvindo essas batidas? É Mrs. Toller trancada. Seu marido está no chão da cozinha roncando.

— Você está se saindo muito bem! — disse Holmes. — Agora mostre-nos o caminho e vamos acabar com esse negócio obscuro.

Subimos a escada, destrancamos a porta e seguimos pelo corredor até chegarmos à porta fechada. Holmes removeu a barra de ferro. Começou a tentar abrir a porta com as chaves. Nenhum som vinha de dentro do quarto.

— Espero que não tenhamos chegado tarde. Miss Hunter, acho que é melhor entrarmos sozinhos. Vamos lá, Watson!

Era uma porta velha, que cedeu imediatamente ao darmos com os ombros nela. O quarto estava vazio. Não tinha quase nenhuma mobília, apenas uma cama, uma mesinha e uma cesta cheia de roupas. A claraboia estava aberta e a prisioneira sumida.

— Aqui aconteceu alguma maldade. Mr. Rucastle suspeitou das intenções de Miss Hunter e levou a vítima embora.

— Mas como?

— Pela claraboia — Holmes ergueu-se até o teto. — Tem uma escada apoiada no telhado, foi assim que ele fez.

— Mas é impossível, a escada não estava aí até os Rucastles saírem.

— Ele voltou e pegou-a depois. Eu disse que é astuto. Não me assustaria se os passos na escada agora forem dele. Watson, prepare seu revólver.

Holmes mal terminou de falar e o homem apareceu com um bastão na mão, atordoado. Miss Hunter se jogou contra a parede, mas Holmes não hesitou em confrontá-lo.

— Onde está sua filha, seu patife?

O homem gordo passou os olhos no quarto e reparou na claraboia aberta.

— Cabe a mim perguntar. Seus ladrões! Peguei-os, não foi? Estão nas minhas mãos! Vão ver!

— Meu Deus, ele foi buscar o cachorro! — gritou Miss Hunter.

— Não se preocupe, estou com meu revólver a postos — disse Holmes.

Descemos as escadas atentos, quando, de repente, começamos a ouvir os latidos do cão e os gritos de agonia por trás. Saímos da casa à procura do que estava acontecendo, e lá estava o cão com seu focinho enfiado no pescoço de Rucastle, que gritava e esperneava no chão. Correndo, eu disparei contra a cabeça do cão, que caiu com a boca enfiada no pescoço do homem. Separamos os dois. Rucastle estava vivo, mas terrivelmente ferido. Nós o trouxemos para dentro e o colocamos no sofá. Estávamos em volta do homem quando uma mulher alta abriu a porta e gritou.

— Mrs. Toller! — exclamou Miss Hunter.

— Eu mesma. Mr. Rucastle me soltou quando voltou, antes mesmo de eu subir para encontrá-los. Sua preocupação era em vão, deveria ter me contado o que planejava.

— Ah! — disse Holmes olhando para a mulher com firmeza. — Está claro que Mrs. Toller sabe mais que qualquer um de nós!

— Sim, senhor! E estou pronta para lhes contar o que sei!

— Então sente-se e nos conte tudo!

— Miss Alice nunca foi feliz nesta casa, desde o momento em que seu pai se casou de novo. Mas sua situação piorou mesmo quando ela conheceu Mr. Fowler. Pelo que sei, pelo testamento de sua mãe, Alice tinha alguns direitos, mas nunca reclamou nada. Quando, no entanto, surgiu a possibilidade de um casamento, Mr. Rucastle achou que chegara o momento de pôr fim àquilo. Ele queria que a filha assinasse um documento dizendo que, casando ou não, o dinheiro seria todo de seu pai. Alice se recusou a assinar aquele papel. Ele começou então a pressioná-la terrivelmente, até que a moça foi acometida de uma meningite e ficou seis semanas à beira da morte. Afinal, ela melhorou, mas estava um caco e com o cabelo curto, pois fora cortado durante a doença. Isso, porém, não mudou o ânimo de seu noivo, que continuou fiel a ela.

— Ah — disse Holmes –, acho que isso que nos contou esclarece tudo, pois posso deduzir o resto. Mr. Rucastle então resolveu prendê-la?

— Sim, senhor.

— E trouxe Miss Hunter de Londres para se livrar do persistente Mr. Fowler.

— Foi isso.

— Mas sendo Mr. Fowler um bom e persistente marinheiro, ele conseguiu convencer você de que tinham os mesmo interesses.

— Mr. Fowler é um homem bondoso e gentil.

— E desse modo ele conseguiu que o seu marido parasse de beber e arrumasse uma escada no momento em que o patrão saísse.

— Isso mesmo, meu senhor. Foi como aconteceu.

— Bom, creio que devemos desculpas a Mrs. Toller. E como Mrs. Rucastle já está chegando com o médico local, creio que podemos partir para Winchester com Miss Hunter, pois não há mais nada a ser feito aqui — disse Holmes.

E foi assim que resolvemos o mistério da terrível casa das faias de cobre. Mr. Rucastle sobreviveu, mas tornou-se um inválido, conseguindo viver apenas com os cuidados de sua esposa. Ainda moram com seus velhos criados, que sabem tanto do passado do homem que tornou-se impossível demiti-los. Miss Alice se casou no dia seguinte com Mr. Fowler. Quanto a Miss Hunter, para minha decepção, meu amigo Sherlock Holmes não demonstrou mais interesse pelas investigações. Agora ela é diretora de uma escola particular em Walsall, onde está se saindo muito bem.

O polegar do engenheiro

Em todo meu tempo trabalhando com meu amigo Sherlock Holmes, eu só tive o prazer de apresentar dois casos a ele: o do polegar de Mr. Hatherley e o da loucura do coronel Warburton. Desses, o segundo dava mais possibilidade para um observador atento e excepcional como Holmes, mas o primeiro foi tão esquisito e tão dramático desde o primeiro instante que talvez seus detalhes enriqueçam mais uma narrativa. Essa história já foi contada nos jornais várias vezes. Na época já me impressionou, e agora, quando peguei minhas anotações para relembrá-la, impressionou-me novamente.

Foi no verão de 1889, logo depois de meu casamento. Eu havia deixado Holmes e voltado a praticar medicina. Constantemente eu o visitava na Baker Street e, muito de vez em quando, ele abandonava os hábitos boêmios para me encontrar. Eu estava voltando a ter sucesso na profissão. Como morava próximo à estação Paddington, alguns funcionários da ferrovia eram meus pacientes e um deles, que foi curado de uma grave doença por mim, estava sempre por ali fazendo propaganda do meu nome.

Em uma manhã, pouco antes das sete horas, a minha empregada me acordou avisando que dois homens da estação

Paddington estavam esperando por mim no consultório. Vesti-me depressa, pois os casos da ferrovia geralmente eram graves.

— Eu o trouxe até aqui, mas ele está bem — sussurrou o guarda da ferrovia apontando com o polegar para cima em sinal de que estava tudo bem.

— Mas o que foi, então?

— É um paciente novo. Ele está ali naquele cômodo a salvo e seguro. Agora preciso ir, pois tenho que trabalhar.

E lá se foi ele.

Entrei no consultório e encontrei o homem sobre o qual tinha ouvido falar junto à mesa. Ele vestia um terno e um boné que deixara em cima da mesa. Tinha um lenço enrolado em uma das mãos, todo manchado de sangue. Era jovem, com certeza não passava dos vinte e cinco anos, e seu rosto estava muito pálido. Ele demonstrava estar muito nervoso.

— Sinto por acordá-lo tão cedo, mas sofri um grave acidente durante a noite. Cheguei esta manhã de trem e perguntei na estação onde poderia encontrar um médico, foi então que o guarda se dispôs a me acompanhar até aqui. O meu cartão está ali sobre aquela mesinha, eu entreguei para sua empregada.

Peguei o cartão e nele dizia: "Victor Hatherley. Engenheiro Hidráulico. Rua Victory, 16A, terceiro andar".

— Eu é que lhe peço desculpas por tê-lo feito esperar. Vejo que você acaba de chegar de uma viagem noturna, o que já é bem entediante.

— Minha noite definitivamente não pode ser chamada de monótona — disse ele rindo alto.

Naquela hora meus instintos médicos se alarmaram.

— Pare! Controle-se!

Entreguei-lhe um copo de água, mas foi completamente inútil. Ele estava tendo um daqueles ataques histéricos que alguns têm depois de passarem por uma grande crise. Aos poucos ele foi se controlando.

— Estou parecendo um idiota — disse ele gaguejando.

— Está tudo bem, beba isso! — e coloquei um pouco de conhaque na água para ajudá-lo a se acalmar.

— Está bem, doutor. Acho que agora já posso mostrar a você meu polegar.

Mr. Hatherley foi desenrolando a faixa e, na hora, até eu que era forte para essas coisas fiquei chocado. Lá estavam quatro dedos e, no lugar do quinto, uma superfície esponjosa ensanguentada.

— Meu Deus! Esse ferimento é grave! Deve ter sangrado muito já!

— Sim, muito. Eu até desmaiei quando aconteceu. Quando acordei, ele ainda sangrava, então amarrei este lenço bem apertado.

— Excelente!

É uma questão hidráulica, logo estou no meu ramo de atuação.

— Esse ferimento deve ter sido causado por um instrumento pesado e afiado.

— Parecido com um cutelo — respondeu.

— Foi um acidente e tanto!

— De jeito nenhum.

— Alguém tentou lhe fazer mal?

— Isso mesmo, foi uma tentativa de assassinato!

— Você está me assustando.

Nessa hora eu limpei e costurei o ferimento e, em seguida, cobri-o com gazes esterilizadas. Ele permanecia recostado sem piscar, só torcia sua boca por algumas vezes.

— Como você está se sentindo? — perguntei.

— Ótimo! Depois do conhaque e do curativo sou um novo homem!

— Então talvez seja melhor nem conversarmos sobre o que ocorreu. Isso parece que o estressa.

— Não agora. Mas eu vou contar a minha história à polícia. Cá entre nós, se não fosse pelo meu ferimento, eu duvido que eles acreditariam em mim. Minha história é muito fantástica e não tenho argumentos suficientes para sustentá-la. E mesmo que eles acreditem, com as pistas que tenho, duvido que consigam fazer justiça.

— Ah — exclamei. — Então eu tenho a pessoa certa para lhe apresentar. Meu amigo e antigo parceiro Sherlock Holmes. Eu recomendo que você o procure antes mesmo de ir à polícia.

— Já ouvi falar dele. Você poderia me recomendar a ele?

— Mais do que recomendá-lo! Vamos até lá!

— Eu ficaria imensamente grato!

— Vou chamar um táxi e seguimos juntos, chegaremos a tempo de tomar café da manhã com Holmes. Você aguenta?

— Claro, só vou conseguir comer depois de contar minha história. Isso está me matando!

Corri rapidamente escada acima e expliquei toda a história para minha mulher. Cinco minutos depois, eu e meu novo conhecido estávamos no táxi a caminho da Baker Street.

Como era de se esperar, Sherlock estava em sua sala de estar, de roupão, lendo o jornal e fumando seu cachimbo. O fumo era composto pelas sobras do dia anterior. Ele nos recebeu de modo alegre, porém reservado. Pediu presunto cru e ovos, que fomos comendo durante o café da manhã. Quando terminamos, ele acomodou nosso visitante no sofá e lhe ofereceu mais um copo de água com conhaque.

— Pelo que vejo, sua experiência não foi comum. Por favor, pode se deitar e sinta-se em casa. Conte-nos o que puder e, se cansar, tome um gole da bebida.

— Obrigado — disse o paciente. — Mas já me sinto um novo homem desde que passei pelas mãos do Dr. Watson, e esse café da manhã ajudou-me ainda mais a me sentir bem. Vou ocupar o mínimo necessário de seu valioso tempo.

Holmes se reclinou em sua poltrona, fechou os olhos e ergueu sua cabeça como de costume. Sentei-me ao seu lado e ouvimos a história de nosso visitante.

"Para começar, os senhores precisam saber que sou órfão, solteiro e moro sozinho aqui em Londres. Sou engenheiro hidráulico e ganhei muita experiência com os anos que trabalhei na Venner e na Matheson, conhecida empresa de Greenwich. Há dois anos, em virtude da morte de meu pai, recebi uma boa quantia em dinheiro e comecei minha própria empresa, da qual eu tenho um escritório na Rua Vitória.

O começo de minha empresa foi um tanto quanto assustador, pelo menos para mim. Durante dois anos eu tive apenas duas consultas e um pequeno serviço. Foi tudo que consegui através de minha profissão. Todos os dias eu ia para o escritório e aguardava por longas horas, até que comecei a desanimar e achei que nunca mais teria clientes.

Entretanto, ontem, quando eu já estava pensando em fechar o escritório, meu funcionário entrou dizendo que havia um cavalheiro que estava necessitando dos meus serviços. Ele me mostrou seu cartão de visitas com o nome coronel Lysander Stark. Logo atrás de meu funcionário estava o próprio coronel, um homem alto e extremamente magro. Para dizer a verdade, acho que nunca vi alguém tão magro. Seu rosto era só nariz e queixo e algumas pelancas. Todavia, apesar de magro, ele parecia saudável; seus olhos estavam brilhando, seus movimentos eram firmes e sua atitude, decidida.

'Senhor Hatherley?', perguntou ele. 'Recomendaram-me o senhor por ser eficiente e capaz de guardar segredos'.

Fiz uma reverência, sentindo-me orgulhoso pelo elogio.

'Posso lhe perguntar quem me recomendou?'

'Talvez seja melhor eu não falar agora. Mas a mesma pessoa me disse que você é órfão e mora sozinho, certo?'

'Certo, mas não sei o que essas informações podem acrescentar à qualidade dos meus serviços. O senhor quer tratar de negócios comigo?'

'Sem dúvida, e você verá que tudo que digo tem uma razão. Preciso que o senhor me preste um serviço profissional, mas é necessário segredo absoluto, absoluto.'

'Se eu lhe prometer segredo, você pode ficar tranquilo quanto a minha palavra.'

Ele me olhava de forma tão penetrante como nunca alguém fizera antes.

'O senhor promete?'

'Sim, prometo.'

Ele aproximou sua cadeira olhando-me com um olhar de seriedade. Um sentimento de medo começou a surgir por estar diante daquele desconhecido tão misterioso.

'Peço que o senhor me conte logo, meu tempo é precioso!', exclamei irritado.

'Que tal cinquenta libras por uma noite de trabalho?'

'Parece-me ótimo.'

'Digo uma noite de trabalho, mas acho que uma hora seja suficiente. Só quero sua opinião sobre uma prensa hidráulica que está apresentando problemas. Se nos mostrar o que está errado, nós mesmos consertaremos, o que acha?'

'O trabalho parece leve e o pagamento generoso.'

'Isso mesmo! Gostaríamos que você viesse hoje à noite, no último trem.'

'Para onde?'

'Eyford, em Berkshire. É um lugarzinho encostado na fronteira de Oxfordshire, a dez milhas de Reading. Tem um trem que sai de Paddington e o deixa lá às 23h.'

'Muito bem!'

'Etarei esperando você com uma carruagem.'

'O lugar é muito distante?'

'Um pouco. Fica a umas 5 milhas da estação de Eyford.'

'Não haverá trem para eu voltar. Terei que passar a noite.'

'Podemos lhe arranjar onde ficar.'

'Não me sinto à vontade. Não seria melhor que eu fosse em um horário mais apropriado?'

'Acreditamos que seja melhor você chegar tarde. Por isso estamos lhe pagando uma grande quantia de dinheiro.'

'Tudo bem', respondi de imediato, lembrando-me das cinquenta libras.

'Claro, é normal que a promessa de sigilo o deixe um pouco curioso em relação ao que estamos tratando. Estaremos livres de fofoqueiros por perto, certo?'

'Certo!', disse eu fechando a porta da sala.

'A questão é a seguinte. Provavelmente o senhor deva saber que a greda é um produto valioso que só pode ser encontrado em alguns lugares da Inglaterra.'

'Já ouvi dizer.'

'Pois bem, há alguns anos eu comprei uma pequena propriedade a quinze quilômetros de Reading. Percebi que tive muita sorte ao encontrar nela um pequeno depósito de greda. Quando fui examiná-lo, percebi que havia um túnel que levava a dois outros depósitos ainda maiores. Só que tinha um problema: os outros depósitos estavam no terreno de meus vizinhos, um à direita e outro à esquerda. Essa boa gente não faz ideia de que em suas terras tenha um produto tão valioso quanto o ouro. Naturalmente, eu logo pensei em comprar as suas propriedades antes que eles descobrissem o real valor delas, mas eu não tinha o dinheiro necessário. Então, reuni alguns colegas e contei-lhes meu segredo. Eles me aconselharam a começar a extração em meu terreno e, com o dinheiro arrecadado, eu poderia comprar a terra dos meus vizinhos. Para ajudar no trabalho, montamos uma prensa hidráulica, sobre a qual eu lhe falei agora há pouco. Como guardamos nosso segredo com muito sigilo, a visita de um engenheiro hidráulico conhecido poderia causar suspeita, por isso eu vim lá de minha cidade procurá-lo. É exatamente essa razão que me faz implorar que você guarde sigilo em relação a tudo que lhe contei.'

'Compreendo, senhor, só não entendi por que vocês usam uma prensa hidráulica na extração de greda, não seria melhor uma escavadeira?'

'Ah! Temos o nosso próprio método. Transformamos o pó em tijolos para ninguém suspeitar do que estamos transportando. Mas isso é só um detalhe. Bom, agora que lhe contei tudo, devo partir. Espero-o às onze na estação em Eyford.'

'Estarei lá.'

Ao pensar friamente sobre a história, fiquei estupefato de um trabalho de tanta confiança ser entregue a mim. Por um lado estava feliz, claro, esse valor era excelente. Por outro, o rosto e os modos do meu cliente me deixaram com uma impressão desagradável. Não conseguia enxergar a clara razão de eu ter que ir até lá tão tarde. Além disso, havia grande ansiedade quanto a eu não contar a ninguém sobre o serviço. Todavia, afastei minhas preocupações, jantei, fui até Paddington e peguei o trem, mantendo a promessa que eu tinha feito ao homem.

Em Reading tive que mudar de trem, mas consegui chegar a Eyford a tempo. Cheguei na estação mal iluminada pouco depois das onze horas. Fui o único passageiro a descer ali e não havia ninguém na plataforma, exceto um funcionário com uma lanterna. Quando passei pelo portão da estação, o homem alto e magro estava lá me esperando. Sem dizer nada ele me pegou pelo braço e me colocou dentro da carruagem, fechou as cortinas e partimos o mais rápido que o cavalo conseguia ir."

— Um cavalo — interrompeu Holmes.

— Sim, apenas um.

— Reparou na cor?

— Era castanho.

— Parecia cansado?

— Não, parecia muito descansado.

— Obrigado, desculpe-me tê-lo interrompido. Por favor, continue sua narrativa.

"Bem, seguimos em frente por mais uma hora. O coronel tinha me dito uma distância, mas me pareceu muito mais pelo tempo que estávamos demorando. Quando olhava para ele, ele estava me observando constantemente. Parecia que as estradas da região não eram muito boas, porque a carruagem sacolejava intensamente. Finalmente chegamos ao destino esperado. Saí atrás do coronel na direção de uma casa. Quando entramos, estava tudo muito escuro, e, de repente, vi um ponto de luz vindo do corredor: era uma mulher carregando uma lanterna. A moça se esticou para nos ver; pude perceber que era uma mulher bonita e, pelo tecido de seu vestido, parecia ser uma mulher fina. Ela falou algumas palavras em língua estrangeira, em tom de pergunta. O coronel lhe respondeu, sussurrando-lhe algo no ouvido. Depois ela voltou para o quarto e ele se aproximou de mim com a lanterna.

'Faça o favor de esperar alguns minutos nesta sala'.

Era uma sala pequena, simples, com uma mesa redonda e alguns livros em alemão nas prateleiras. 'Não vou fazê-lo esperar muito', disse o coronel Stark sumindo na escuridão.

Examinei os livros que estavam sobre a mesa e, apesar de não falar alemão, pude perceber que eram livros de ciência. Então, andei até a janela para tentar ver algo da paisagem, mas não obtive sucesso. A casa estava extremamente silenciosa. Um vago sentimento de desconforto começou a tomar conta de mim. Quem eram esses alemães morando nesse lugar afastado? E o que eles faziam? Eu estava a mais ou menos sete milhas de Eyford, isso era tudo que sabia, nem ao certo a direção eu saberia explicar. Pelo silêncio, pude concluir que estávamos em uma zona rural; eu andava de um lado para o outro, inquieto.

De repente, em meio àquele silêncio, a porta da saleta foi aberta. A mulher estava parada na entrada; pelo seu rosto pude ver que ela estava completamente aterrorizada. Isso me gelou por dentro. Ela colocou o dedo trêmulo sobre os lábios, ordenando-me silêncio. Em seguida, sussurrou algumas palavras em péssimo inglês, enquanto, ressabiada, olhava para trás.

'Eu iria embora se fosse o senhor, eu iria', sussurrou.

'Mas, madame, eu ainda não fiz meu trabalho. Não posso ir embora sem ver a máquina.'

'Não pague para ver! Pelo amor de Deus, ninguém o impede. Vá embora! Vá antes que seja tarde.'

Mas eu, cabeça dura que sou, não fui. Pensei nas cinquentas libras e aguentei firme. Todo esse desconforto por nada? Para mim aquela mulher poderia ser paranoica. Portanto, mesmo com um pouco de medo, demonstrei estar decidido a permanecer. Ela estava prestes a reargumentar quando ouvimos passos descendo a escada. Ela então levantou as mãos em um gesto desesperado e desapareceu. Logo após ela sair, chegaram o coronel e um homem baixo e gordo, com uma barba que cobria seu queixo. Ele me foi apresentado como Mr. Ferguson.

'Esse é meu secretário e gerente', disse o coronel. 'A propósito, tenho a impressão de ter deixado essa porta fechada, temia que uma corrente de ar pudesse incomodá-lo.'

'Pelo contrário, eu estava com calor.'

Ele me lançou um daqueles olhares suspeitos e prosseguiu: 'Talvez seja melhor tratarmos dos negócios. Mr. Ferguson e eu vamos levá-lo para ver a máquina.'

'Então deixe-me colocar meu chapéu.'

'Ah, não. Ela está dentro de casa.'

'O senhor extrai greda de dentro de casa?'

'Não, não. Aqui é onde a comprimimos. Não se preocupe com isso. Tudo o que queremos é que examine a máquina para nos dizer o que está errado.'

Subimos todos juntos a escada. Aquela casa velha era um labirinto, com passagens e corredores sem fim. Tentei parecer o mais despreocupado possível, mas não conseguia me esquecer dos avisos da moça. O coronel finalmente parou diante de uma porta pequena e a destrancou. Nós não caberíamos juntos ali, então Ferguson permaneceu do lado de fora e o coronel me pediu para entrar.

'Aqui estamos, dentro da prensa hidráulica. Seria desagradável que a ligássemos agora, pois esse chão de metal nos esmagaria. Ela funciona bem, mas perdeu força. Faça o favor de examiná-la e nos dizer como podemos consertá-la.'

Peguei a lanterna e comecei a examinar cuidadosamente. Era realmente gigantesca e capaz de exercer muita pressão. Contudo, quando saí e apertei as alavancas, percebi imediatamente que havia algum vazamento permitindo que a água voltasse para os cilindros laterais. Essa era claramente a causa da perda de pressão; também percebi que a borracha ao redor do cilindro estava afrouxada, o que piorava a situação. Comentei com meus clientes, que fizeram uma série de perguntas sobre como poderiam resolver o problema. Fui respondendo e explicando-lhes claramente o que teriam de fazer. Era óbvio que a história da greda era pura enrolação; seria um absurdo supor que um motor tão poderoso fosse montado para fins tão inadequados. As paredes eram de madeira e o chão era de metal. Quando olhei mais de perto, vi que havia uma crosta metálica depositada sobre o chão. Abaixei-me raspando essa crosta e lá estava o rosto cadavérico do alemão.

'O que você está fazendo aí?', perguntou ele.

Eu estava irritado por ter sido enganado e lhe respondi: 'Eu estava examinando sua greda. Acho que eu estaria mais apto a lhe aconselhar sobre a máquina se eu soubesse para que, realmente, ela é usada'.

Lamentei profundamente ter dito essas palavras. 'Está bem, você vai ver para que ela funciona'. Ele deu um passo para trás, fechou a portinhola e passou a chave. Eu corri, tentei abrir a porta, mas não consegui. 'Ei, coronel!', eu gritava desesperado. 'Deixe-me sair!'

De repente eu ouvi o som do motor ligando. Ele havia botado a máquina para funcionar. Eu estava desesperado. Eu podia ver o teto se aproximando de mim, achei que fosse morrer naquela hora. Joguei-me contra a porta aos berros, enfiando as unhas na fechadura, implorei ao coronel que me deixasse sair. O teto já estava a menos de meio metro da minha cabeça. Já não conseguia mais ficar de pé quando avistei algo que me trouxe um pouco de esperança.

Embora o teto e o piso fossem de metal, as paredes eram de madeira, e eu avistei um pequeno buraco que poderia me salvar da morte. Demorei um instante para acreditar que ali haveria uma porta que iria me salvar. Em seguida, atirei-me pela porta e caí semidesmaiado do outro lado. Eu podia ouvir os ruídos da lanterna sendo esmagada pelo teto metálico.

Quando acordei, estava em um chão de pedra, num pequeno corredor, e a mulher que antes me ajudara estava deitada sobre mim com uma vela. Era a mesma boa amiga cujos avisos eu havia ignorado.

'Venha, venha!', exclamou sem fôlego. 'Eles vão chegar logo. Vão ver que você não está lá. Vamos embora!'

'Dessa vez eu não fiz pouco dos conselhos dela. Corri rapidamente seguindo-a pelo corredor e por uma escada espiral que levava a uma passagem mais ampla. Chegando lá, ouvimos vozes. Minha guia parou por um tempo e pensou no que fazer. Então ela abriu uma porta que dava para um dormitório com uma janela.

'É a sua única chance! É alto, mas você pode pular!'

Conforme ela falava, eu via a figura horrenda do coronel vindo pelo corredor. Ele carregava em uma das mãos uma lanterna e, na outra, uma arma que parecia um cutelo de açougueiro. Atravessei o quarto, abri a janela, subi o parapeito, mas demorei a pular. Eu estava nervoso, queria ver o que ele iria fazer com a pobre mulher. 'Fritz, Fritz', gritava ela. 'Lembre-se da sua promessa. Você falou que não faria de novo. Ele vai ficar quieto!'

'Você é louca, Elise! Vai acabar conosco. Deixe-me passar!' Ele se desvencilhou dela. Eu estava me segurando no parapeito quando senti uma dor aguda, minhas mãos se soltaram e caí sobre o jardim.

Eu estava abalado, mas a queda não me machucou. Então me recompus e corri pelos arbustos o mais rápido que podia. De repente, senti uma forte tontura. Olhei para minha mão que latejava e percebi que havia perdido o polegar. Tentei amarrar um lenço na mão, mas caí entre as roseiras.

Não sei dizer por quanto tempo permaneci inconsciente. Deve ter sido por muito tempo, pois, quando acordei, minhas roupas estavam úmidas do orvalho. A manga do meu paletó estava empapada de sangue. Encorajei-me e continuei a correr, pois sentia que o perigo era iminente. Entretanto, não vi mais a casa ou nada por perto. Olhei de longe uma edificação, que parecia ser a estação de trem, e era isso mesmo. Corri na direção da estação; quando cheguei lá, estava o funcionário da noite anterior. Perguntei se ele conhecia o coronel Lysander Stark. Ele disse que não, também não tinha visto uma carruagem. Quando perguntei sobre a estação de polícia mais próxima, ele disse que deveria estar a umas duas milhas dali. Eu não tinha tempo para isso, era uma distância muito grande.

Decidi voltar a Londres primeiro, para depois procurar a polícia e contar a minha história. Cheguei um pouco depois das seis. Foi quando fui levado ao doutor, que gentilmente me trouxe até aqui."

Ficamos em silêncio por um bom tempo depois de o engenheiro ter terminado a sua história. Em seguida, Sherlock Holmes pegou um recorte de jornal.

— Aqui está um anúncio que vai interessá-lo. Ouçam: "Desaparecido no dia 9, Mr. Jeremiah Hayling, 26 anos, engenheiro hidráulico. Deixou seus aposentos às dez da noite e não foi visto desde então". Imagino que isso mostre a última vez que o coronel precisou de ajuda com a sua máquina.

— Bom Deus! Isso explica o que a garota disse!

— Sem dúvida! É evidente que o coronel é um sujeito frio e determinado a não deixar que nada atrapalhe seus planos. Bom, cada segundo agora é preciso. O senhor se sente disposto? Se sim, vamos imediatamente à Scotland Yard e depois a Eyford.

Cerca de três horas depois estávamos no trem eu, Sherlock Holmes, o engenheiro, um detetive à paisana e o inspetor Bradstreet da Scotland Yard. Bradstreet abriu um mapa da região sobre o banco e desenhou com um compasso a região que contemplava Eyford.

— Aqui está, um círculo de dez milhas que contempla a cidadezinha de Eyford. É essa distância que você disse ter percorrido, certo?

— Foi uma hora de carruagem a toque de caixa!

— E o senhor acredita que eles o trouxeram de volta enquanto estava inconsciente?

— Acredito que sim. Tenho uma lembrança confusa de ter sido carregado para algum lugar.

— O que não entendo é por que eles o pouparam quando o encontram caído no jardim. Talvez o bandido tenha sido convencido pela mulher.

— Duvido muito. Nunca vi rosto mais inflexível na vida.

— Bom, vamos descobrir isso logo, logo.

— Acho que posso apontar o local onde estão quem nós procuramos — disse Holmes calmamente.

— Ora essa! — exclamou Bradstreet. — O senhor já formou sua opinião! Vamos ver quem concorda com você.

Eu diria que estão ao sul que é o local mais afastado.

— Acho que estão ao leste — disse Hatherley.

— Eu voto no oeste, tem algumas vilas sossegadas por ali — disse o detetive.

— Eu acho que estão no norte, porque o nosso amigo disse que não sentiu a carruagem subir, e ao norte não temos colinas — disse eu.

— Ora! As opiniões são muito diferentes! Holmes, para quem vai seu voto? — disse o inspetor.

— Vocês estão todos errados.

— Mas não podemos estar todos errados.

— Ah, sim, podem! Eles podem estar aqui — Holmes colocou o dedo no centro. — É aqui que eles estão!

— Mas e quanto à viagem? — perguntou Mr. Hatherley.

— O senhor mesmo me disse que o cavalo parecia descansado. Como isso seria possível se ele tivesse vindo de longe?

— Na verdade, essa é uma boa teoria — disse Bradstreet. — Mas não existem dúvidas quanto aos objetivos dessa quadrilha.

— Claro que não! São falsificadores profissionais. Usavam essa máquina para substituir a liga de metal e colocar no lugar da prata nas moedas.

— Há algum tempo estamos seguindo essa quadrilha, mas os perdemos em Reading. Graças a essa situação conseguiremos pegá-los! — disse Bradstreet.

Contudo o inspetor estava enganado; quando chegamos a Eyford, uma fumaça imensa cobria a estação, parecendo uma nuvem preta enorme.

— Incêndio em uma casa? — perguntou Bradstreet.

— Sim, senhor! — disse o chefe da estação.

— Quando começou?

— Ouvi que foi durante a noite, mas o fogo se alastrou e todo o lugar está em chamas.

— De quem é a casa?

— Do Dr. Becher.

— Diga-me — interrompeu o engenheiro. — Esse Becher é alemão, alto e extremamente magro?

O chefe da estação riu longamente.

— Não, o Dr. Becher é inglês e não há na região quem se vista tão bem como ele. Mas ele está hospedando alguém que me parece ser estrangeiro.

O chefe da estação mal terminou de falar e nós já estávamos correndo na direção do incêndio. Avistamos uma edificação branca soltando fogo por todas as janelas.

— É isso! — gritou Hatherley. — A janela de onde pulei está ali!

— Bem — disse Holmes —, pelo menos o senhor se vingou deles. Parece que a lanterna que foi esmagada pela prensa colocou fogo nas paredes de madeira. Eles estavam tão preocupados em persegui-lo que não viram o perigo. Agora verifique na multidão se você encontra algum dos seus colegas da noite passada, embora eu imagine que eles já estejam a centenas de milhas daqui.

O receio de Holmes estava correto, pois nunca mais se ouviu falar daquela linda mulher, do alemão sinistro ou do inglês gordo. Naquela manhã, um agricultor cruzou com uma carroça cheia de caixas na direção de Reading. Lá, contudo, o rastro dos fugitivos veio a desaparecer.

Os bombeiros ficaram chocados com os rastros deixados na casa, principalmente ao ver um polegar humano no parapeito de uma das janelas. Grandes quantidades de níquel foram descobertas em um depósito fora da casa, mas nenhuma moeda foi achada. Isso pode explicar as caixas que o agricultor viu na carroça.

A maneira como o engenheiro foi carregado pelo jardim para o lugar onde recuperou os sentidos seria um mistério se não fosse pelo solo macio pelo qual foi carregado. Era possível enxergar os rastros de duas pessoas, uma de pés bem pequenos e outra de pés muito grandes. É possível que o inglês mais sossegado e a mulher tenham carregado o homem até o lugar no qual ele veio a acordar.

— Bem, a que horas voltamos para Londres? — perguntou o engenheiro, irritado. — Foi uma péssima experiência para mim. Perdi meu dedo e cinquenta libras. E o que ganhei com isso?

— Experiência — disse Holmes rindo. — Imediatamente, pode até ser dolorosa, mas ela vai transformá-lo em um excelente companheiro para o resto da vida, pois as pessoas vão gostar de ouvir a sua história.

Sir Arthur Conan Doyle (1859-1930)

Arthur Conan Doyle era de família escocesa, respeitada no ramo das artes. Aos nove anos, foi estudar em Londres. No internato, era vítima de *bullying* e dos maus-tratos da instituição. Encontrou consolo na literatura e rapidamente conquistou um público composto por estudantes mais jovens.

Quando terminou o colégio, decidiu estudar medicina na Universidade de Edimburgo. Lá, conheceu o professor Dr. Joseph Bell, quem o inspirou a criar seu mais famoso personagem, o detetive Sherlock Holmes. Em 1890, no romance *Um Estudo em Vermelho*, iniciou a saga de aventuras do detetive. Ao todo, Holmes e seu assistente, Watson, foram protagonistas de 60 histórias.

Doyle casou-se duas vezes. Sua primeira esposa, Luisa Hawkins, com quem teve uma menina e um menino, faleceu de tuberculose. Com Jean Leckie casou-se em 1907 e teve três filhos.

Abandonou a medicina para dedicar-se à carreira de escritor. Seus livros mais populares de Sherlock Holmes foram: *O Signo dos Quatro* (1890), *As Aventuras de Sherlock Holmes* (1892), *As Memórias de Sherlock Holmes* (1894) e *O Cão dos Baskervilles* (1901). Em 1928, Doyle publicou as últimas doze histórias sobre o detetive em uma coletânea chamada *O Arquivo Secreto de Sherlock Holmes*.

Todos os direitos desta edição
reservados para Editora Pé da Letra
www.editorapedaletra.com.br

© A&A Studio de Criação — 2017

Direção editorial	James Misse
Edição	Andressa Maltese
Ilustração	Leonardo Malavazzi
Tradução e adaptação	Gabriela Bauerfeldt
Revisão de Texto	Nilce Bechara
	Marcelo Montoza

DCIP-BRASIL. CATALOGAÇÃO-NA-FONTE
SINDICATO NACIONAL DOS EDITORES DE LIVROS, RJ

D784c
doyle, arthur conan
o roubo da coroa de berilos e outras aventuras / arthur conan doyle ; tradução gabriela bauerfeldt. - 1. ed. - cotia: JAMES ANTONIO MISSE EDITORA E DISTRIBUIDORA LTDA - ME, 2017. 978-85-9520-075-3 p. : il.

Tradução de: the adventure of the beryl coronet
ISBN 978-85-9520-075-3

1. conto. 2. aventura, mistério, investigação. I. bauerfeldt, gabriela. II. Título.

17-46494   CDD: 028.5
                              CDU: 087.5